Les Enfants de chienne

Camille Bouchard

Les Enfants de chienne

Collection Le Treize noir

La Veuve noire, éditrice
145, rue Poincaré, Longueuil, Québec J4L 1B2
(450) 448-8869

Dépôt légal: 2004
Bibliothèque nationale du Canada
Bibliothèque nationale du Québec

Données de catalogage avant publication (Canada)

Bouchard, Camille

Les Enfants de chienne
(Collection Le Treize noir ; 8)

ISBN 2-9808096-7-5

I. Titre.

PS8553.O756E53 2004   C843'.54   C2004-940374-5
PS9553.O756E53 2004

Illustration de la couverture :
Maxime Bigras

Conception de la maquette :
Robert Dolbec

Distribution au Canada : Prologue

1: L'Africaine – Un

« Ce que tu ne veux pas laisser savoir à
ton ennemi, ne le dis pas à ton ami. »
Proverbe arabe

Hôtel Bouctou, Tombouctou, Mali
Afrique occidentale

Les contreforts du Sahara ondulent sous les vagues de chaleur, pareils à une mer ocre dont les eaux se mêlent au lavis du ciel. Une écharpe de sable se soulève parfois, soufflée par un harmattan revêche, tourbillonne dans l'air en fusion, trace des arabesques éphémères, et s'évanouit en silence dans la solitude azurée. De minuscules crêtes plombées se dessinent dans l'ondoiement de l'horizon, formant et déformant des silhouettes floues, illustrations maladroites d'un peintre à la main vieillie. À mesure qu'elles approchent, on distingue mieux les bêtes juchées sur leurs longues pattes fines et les hommes en robe qui les entourent. Bastien est accoudé au parapet d'un patio de l'hôtel Bouctou et observe la colonne de Touaregs qui guident les méharis au bout de leur longe. Il y a bien une heure maintenant qu'ils défilent ainsi, de la ligne la plus éloignée du désert au caravansérail de Tombouctou. Il s'agit d'une vision d'un autre âge, une image millénaire que l'éponge du temps n'arrive pas à effacer. Un mode de vie qui jure dans ce siècle qui commence sous les communications par satellites, les techniques de clonage et les bombes téléguidées.

— Ils sont au moins cent, dit Bastien en recrachant des grains de sable qui ont envahi sa bouche.

Il est vêtu d'un pantalon cargo gris et d'un T-shirt aux manches roulées qui exposent ses biceps bronzés, un peu maigres. Ses cheveux trop longs ont été peignés vers l'arrière et adhèrent grâce à une généreuse application de gel. Masqués par des verres fumés, ses yeux sont rougis par le manque de sommeil. Comme à son habitude, une barbe de trois ou quatre jours nuance de gris la peau autrement cuivrée de son visage.

— Eh ben ! oh oui ! c'est au moins cent, réplique un petit homme à ses côtés. C'est au moins cent, oh oui !

Celui-ci, la peau d'un brun foncé, s'est également accoudé au parapet afin de mouler ses gestes à ceux de Bastien. Il cherche à imiter l'attitude désinvolte du Français, dont il admire la mine imperturbable, le côté désabusé, détaché, qu'il affiche même dans ses moments d'étonnement. Il porte enroulé autour de la tête le chèche indigo typique des Touaregs, le *tagelmust*. Une longue robe en basin noir le recouvre jusqu'aux chevilles.

— Ils ramènent quoi, ceux-là ? demande Bastien. Le sel ?

— Le sel, oh oui ! C'est ça, le sel.

— Je me suis toujours demandé… Pourquoi ils n'utilisent pas des… Je ne sais pas, moi, des camions ? Des véhicules tout-terrains ? Ce serait plus simple, non ?

— Le chameau, c'est que ça demeure encore le meilleur moyen de transporter le sel du désert. Pendant des jours, ça ne mange pas, ça ne boit pas… Le chameau, oh oui ! Il n'y a pas mieux, tu sais.

Bastien rit en posant une fesse sur le parapet et en s'adossant à l'une des colonnes du toit.

— On parle d'aller bientôt sur Mars ; il faudra bien vous moderniser aussi, non ?

Le Touareg reste appuyé au garde-corps, jugeant que sa dignité ne l'autorise pas à trop calquer les gestes d'autrui.

— On peut aller sur Mars, oh oui ! On peut vaincre le ciel. Mais personne ne peut vaincre le Sahara. C'est un monstre. Les roues des camions s'y enlisent, l'essence avale le sable, les moteurs suffoquent dans sa chaleur… Les camions dans le Sahara, c'est leur mort. Il n'y a que le chameau qui sait amadouer le désert. Oh oui !

Bastien a appuyé un pied sur le parapet et, un coude sur le genou, repose son visage dans le creux de sa main. Il continue de fixer la colonne de bêtes et d'hommes voilés qui s'agglutinent dans l'aire réservée aux caravanes.

— Les hommes qui arrivent, ce sont les nomades. Les vrais, oh oui ! Ils vivent encore comme leurs arrière-grands-pères, qui vivaient eux-mêmes comme leurs arrière-grands-pères. Tu vas voir, ils portent le visage continuellement voilé par leur *tagelmust*. Toujours, ils le portent. Tu sais pourquoi ?

— Je ne sais pas, Alkoye.

En fait, Bastien a déjà entendu mille fois raconter la tradition, mais il n'écoute qu'à demi le verbiage de son compagnon.

— Parce que pour eux, c'est honteux de se dévoiler en public. Honteux, oh oui ! Devant les personnes à qui le *Kel Tamasheq* – celui-qui-parle-tamasheq – doit respect, un jeune homme ne doit laisser exposés que ses yeux à travers une fente de son voile. Il doit même boire son verre de thé sous son voile. Sous son voile, oh oui ! sans découvrir sa bouche. C'est que le voile protège aussi les narines et la bouche des assauts des mauvais djinns.

— Tu m'en diras tant.

— Oh oui !

— Tu es Touareg, toi aussi, Alkoye. Pourquoi tu ne couvres pas ton visage ?

Le petit homme lui jette un regard rapide, presque intimidé.

— Moi, je suis moderne.

Bastien glousse.

— Et riche, si j'en juge par ce nouveau quatre-quatre que tu viens d'acheter.

Alkoye dévoile quelques caries et une incisive en or, lorsqu'il étire un sourire. Il se relève en redressant les épaules et bombe le torse dans une attitude emphatique.

— Tu as remarqué, pas vrai ? Oh oui ! il est beau, mon nouveau quatre-quatre. Tu veux l'essayer ? Allez, tu es mon ami, je te prête les clés. Allez, viens, on va faire un tour.

— *Naaan*, nasille Bastien en continuant de fixer le désert. Une autre fois.

— Il est vraiment beau, oh oui ! insiste Alkoye. Je l'ai payé une fortune à Bamako. Mais ça me rend fier. Mes épouses sont fières de moi, mon père est fier de moi, ma mère…

— Ce qui veut dire que je paie sans doute trop cher toutes ces pierres que tu me vends.

Le visage du Touareg s'effondre comme celui de l'enfant surpris la main dans le pot de biscuits. Il perd aussitôt sa superbe pour afficher une mine abattue et le dos courbé de l'homme accablé de malheurs.

— Que dis-tu là, Bastien, mon ami français ? Toi à qui je vends en bas de ce que ça me coûte ? Oh oui ! en bas. Tu sais que je fais mon argent sur le dos des touristes que je trimballe dans le désert. Tu sais que c'est eux qui paient plus cher, oh oui ! pour que je fasse de bons prix à mes amis. Bastien, dis-moi que tu me fais une blague.

— La blague serait de croire un marchand touareg. Maintenant, fais gaffe, voilà tes excursionnistes qui s'amènent.

Bastien désigne un groupe de six touristes occidentaux, qui arrivent de l'aile réservée aux chambres à bon marché. Quatre femmes et deux hommes dans la quarantaine, vêtus de cotonnades légères, se dirigent vers le patio. Le Français note les shorts aux genoux, véritable camouflet aux traditions réservées des peuplades de l'Afrique occidentale.

— *Alkoooye*, étire une femme trop maigre, dont les bras agités ressemblent aux branches d'un roncier, malmenées par l'harmattan, vous avez vu cette caravane ? Comme c'est *pittoreeesque*!

— On peut aller les voir de près ? s'informe l'un des hommes avec un accent provençal appuyé.

Alkoye, qui s'est placé face à eux en blottissant ses mains l'une dans l'autre, leur répond en hochant la tête et en leur jetant de petits sourires à tour de rôle.

— Oh oui ! mais plus tard. Quand le soleil aura baissé un peu. Il fait chaud, oh oui ! Ce n'est pas bon sur votre peau.

— Mais non ; j'ai mis de la crème, réplique une autre femme. On peut y aller seuls, Alkoye, peut-être ?

— On peut prendre des photos ? demande le second homme en exhibant un appareil numérique.

— Ah ! peut-être, dit Alkoye, mais il faut demander. Oh oui ! demandez d'abord, car plusieurs Touaregs n'aiment pas les photos.

— Et les dromadaires ?

— Il faut demander au maître, pas au dromadaire, répond Bastien malgré lui.

Il s'en veut aussitôt de son cynisme, qui ne cadre pas avec le profil bas qu'il a choisi de maintenir. Deux des femmes rient de la blague, tandis que les quatre autres touristes ne savent quelle attitude adopter. Alkoye s'empresse aussitôt d'intervenir.

— Oh oui ! pour les chameaux aussi, il faut demander. Parfois, les hommes n'aiment pas qu'on prenne la photo de leur bête. C'est la religion, vous savez. L'islam interdit la reproduction en images des êtres vivants. Interdit, oh oui ! Les hommes, les chameaux…

— Pourquoi tu dis toujours « chameau », Alkoye ? s'informe l'homme à l'accent provençal. Elles n'ont qu'une bosse, ces bestioles. Ce sont des dromadaires, non ? Des méharis.

Comme tous les Africains, Alkoye se moque bien du nombre de bosses pour nommer « chameau » les camélidés.

— À six ou huit cylindres, répond-il d'un sourire équivoque, un quatre-quatre est un quatre-quatre, oh oui !

L'une des femmes vient de s'approcher de Bastien. Il note du coin de l'œil qu'elle le dévisage depuis son intervention, mais il fait semblant de n'avoir rien remarqué et de s'intéresser à la ligne du désert au loin. Elle porte les cheveux courts et un foulard noué en bandeau au-dessus de la tête. De larges verres fumés ne laissent apparaître de son visage qu'un nez minuscule et une bouche étroite aux lèvres craquelées. Quelques lambeaux de peau, accrochés sur ses joues ici et là, indiquent qu'elle se remet d'un coup de soleil.

— Est-ce qu'on ne se connaît pas ? demande-t-elle en tapotant de l'index sa lèvre inférieure.

Bastien tourne le visage vers elle en soulevant les sourcils très haut, comme dans la question muette : « C'est bien à moi que vous vous adressez ? »

— J'ai l'impression de vous avoir déjà vu quelque part, insiste-t-elle.

— Désolé, Madame, je ne crois pas.

— Certain ?

— Je ne vous aurais pas oubliée, Madame. Pas une jolie femme comme vous.

Elle perd à demi son sourire, incertaine que l'homme, au lieu d'un compliment poli, n'use pas plutôt d'impudence ; elle sait n'être pas particulièrement jolie.

— Quel est votre nom ? Je suis certaine de vous avoir déjà rencontré, mais je ne parviens pas…

— Je m'appelle… Morand, Madame, ment Bastien en s'assurant qu'Alkoye est trop occupé avec les autres touristes pour entendre. Jérémie Morand.

— Ce nom ne me dit rien, en effet.

— Je ressemble peut-être à un comédien que vous avez entraperçu à la télé. Ça m'arrive quelquefois, vous savez, de confondre des visages.

Elle continue de tapoter sa lèvre inférieure.

— Peut-être. Peut-être. Vous êtes touriste, ici ?

— Oui, Madame. Et je repars demain.

Il quitte le parapet en regardant sa montre et fait semblant de devoir se précipiter vers le bâtiment opposé à celui de sa chambre. Il la salue d'un vague mouvement de la main en lui adressant un sourire désolé.

— J'espère que nous aurons l'occasion de nous croiser de nouveau avant mon départ.

— Au revoir, Monsieur… Morand.

Et il disparaît avant qu'Alkoye ne remarque sa fuite et ne l'interpelle par son vrai nom.

Le commis derrière le comptoir est petit et grassouillet. Autour de son cou, il garde enroulé le tissu d'un chèche verdâtre avec lequel il s'éponge le visage à intervalles réguliers. Il n'a pas souvent l'occasion de séduire une femme et c'est pourquoi, même si la touriste qui lui fait face n'est pas jolie et qu'elle semble plus âgée que lui, il se sent intimidé de constater qu'elle cherche à l'enjôler. Elle en est à son troisième verre d'alcool, et c'est sans doute la raison pour laquelle elle lui parle si ouvertement. Il a bien raison de considérer que les femmes chrétiennes ne pourront jamais faire d'épouses convenables pour un musulman, mais que, si elles cherchent une nuit de sexe…

— Je te verrais bien sur un chameau, armé d'une *takuba*, chevauchant les dunes et domptant le Sahara.

— Je… Je ne suis pas un Touareg, répond-il modestement. Je suis un Songhaï. Je…

— Qu'importe l'ethnie ! le coupe-t-elle. Je te parle de noblesse et d'attitude. On trouve ça tout de suite chez toi.

— Ah ? Je… Vous trouvez ?

C'est la fin de l'après-midi et la plupart des voyageurs, profitant de l'accalmie d'un soleil sur le déclin, sont repartis en excursion. Le bar-restaurant n'abrite plus que quelques Maliens trop préoccupés par leurs affaires pour s'intéresser à la touriste esseulée au comptoir.

— Tu n'es pas comme ces prétentieux de visiteurs étrangers, dit-elle au barman, qui se mord les lèvres d'excitation. On se demande même pour qui certains se prennent. Tu sais, comme ce Français, là, c'est quoi son nom déjà ?

Il la regarde d'un air interrogateur, les sourcils levés.

— Tu dois le connaître, sûrement, dit-elle, il discutait avec toi au comptoir, hier. Morand, voilà ! Jérémie Morand, tu sais ?

— Je ne connais pas ce nom, dit le barman.

— Vraiment ? Le grand type, beau bonhomme – et il le sait, le goujat ! –, qui buvait une bière juste ici, hier soir.

— Ah non ! vous voulez dire monsieur Bastien.

— Oh ! dit-elle sans parvenir à masquer un sourire en coin. Tu as raison, c'est plutôt Bastien qu'il s'appelle. Bastien comment, déjà ?

— Tournier, je crois. Il me semble qu'il est inscrit sous ce nom dans le registre. Je le sais parce que, pendant les pauses, c'est moi qui remplace Aziz à la réception.

— C'est sans doute ça, oui. Ce Tournier, quelle allure prétentieuse ! Je ne peux pas le blairer.

— Vraiment ? s'étonne vaguement le barman, non sans ressentir une certaine satisfaction en songeant que son client de la veille, qui a pourtant davantage d'atouts physiques que lui pour séduire la femme blanche, ne semble pas dans la course. Je... C'est vrai qu'il est un peu...

— N'est-ce pas ? Il n'est vraiment pas comme toi. Humble, tout en étant noble et fort.

— Non, c'est vrai, admet le Songhaï en plissant les lèvres dans une moue signifiant l'évidence.

Elle effleure sciemment sa main du bout des doigts, lorsqu'il passe le torchon sur le comptoir à proximité de son verre.

— Ces touristes prétentieux doivent parfois être barbants, non ? C'est bien un touriste ce... ce Fournier.

— Tournier. Il n'est pas touriste. C'est un marchand de Djibouti. Il vient de temps en temps acheter de la marchandise à Tombouctou pour la revendre à ses clients là-bas. On le voit pendant trois ou quatre jours et il repart. Il a un commerce de souvenirs, je crois. Il fait affaire avec les Touaregs, qui lui remettent des pierres du Sahara, des colliers et de l'artisanat local. (Ses lèvres pleines couvrent plus de la moitié de son visage lorsqu'il étire un large sourire.) Je crois que ça se vend bien aux touristes.

La femme a réussi à convaincre la petite secrétaire de lui laisser utiliser le téléphone du bureau. Elle lui a offert un généreux pourboire, jurant qu'elle n'a pas le temps de se rendre en ville et que son appel est urgent. Elle double la prime en invitant la jeune femme à sortir, puisque son appel est confidentiel.

— Allô, Gérard ? (…) Bonjour, c'est Élodie. (…) Oui, ça va. Écoute, je n'ai pas beaucoup de temps pour les civilités. Dis-moi, tu es toujours en contact avec ce représentant américain dont je n'ai jamais réussi à prononcer le nom ? Tu te souviens ? (…) Voilà ! Tu as toujours l'occasion de lui parler ? (…) Épatant ! Écoute, à l'époque où nous étions mariés, quand nous vivions à… (…) Oui, oui, ça va, les blagues douteuses. Sois sérieux, c'est important. Rappelle-toi les réceptions chez le président Ali Séré. Tu te souviens de ce représentant de commerce, Bastien Tournier ? (…) Non, Tournier. Tu sais, le type toujours seul, mais qui semblait être très estimé du président ? On ne connaissait pas sa nationalité. (…) Celui-là même. Avec la nièce et tout. Tu te souviens ? Oh ! là ! là ! Quelle histoire ! Eh bien ! figure-toi que je l'ai croisé ici, ce midi, à Tombouctou. (…) Quoi, ce que je fais à Tombouctou ? Je suis en vacances. La question n'est pas là. Ce type, je te dis que je l'ai vu ici. (…) Je suis archicertaine. Même gueule, même nom. Il a aussi tenté de me refiler une fausse identité, tu imagines ? (…) Oui, un crétin de barman m'a tout déballé. Tu crois qu'il y a toujours la récompense pour ceux qui le ?… (…) Je sais qu'il y a longtemps, mais ça ne coûte rien de vérifier. Appelle ton Amerloque, il te dira. (…) D'accord. C'est ça. (…) Au revoir. Oh ! Gérard ! (…) Si nous nous faisons du fric dans cette histoire, n'oublie pas que tu m'en dois une.

— Cinquante-deux ans, murmure Bastien. Cinquante-deux.

L'image que le miroir renvoie est celle d'un homme aux traits usés. Peut-être paraît-il cinq ou six ans plus jeune, à cause de sa chevelure bien fournie, de son regard affûté, de sa dentition intacte, mais la lassitude n'en est pas moins évidente. Dans les rides trop profondes de son front, dans le creux prononcé de ses joues, juste sous la pommette, dans ses paupières rabattues sur les cils… Lassitude. Toute une vie à jouer à cache-cache, à se méfier de tous et chacun, à fuir les faux amis qui pouvaient le trahir, à fuir les vrais amis qui pouvaient souffrir de lui. Toute une vie à ne connaître que les étreintes expédiées des filles à louer… à retenir un cœur de battre. Une vie de petits contrats, d'enquêtes mineures, à l'écart des vrais enjeux, à l'écart des actions qui changent vraiment les choses. Qui les améliorent. Une vie à être désabusé par les promesses des politiques et à subir leurs trahisons… Une vie perdue à cause d'une erreur.

Il laisse glisser un doigt sur la peau de son visage en notant les nuances décaties, l'élasticité altérée. Il s'arrête à un petit rictus involontaire à la commissure des lèvres. Comme un sourire malicieux, un trait espiègle. C'est la première fois qu'il le note. Peut-être un modelé récent de sa physionomie, des muscles et des tendons qui se relâchent, qui se repositionnent sous la peau. Ou peut-être aussi est-ce son ironie de toujours qui empiète désormais sur le masque qu'il s'est forgé. Peut-être se dévoile-t-il davantage qu'il ne le souhaiterait ? Il tourne la tête d'un côté et de l'autre pour cerner les angles de sa mâchoire restée volontaire, de son nez qui dévie toujours un peu vers la gauche, relief d'une bagarre d'écoliers, quarante ans plus tôt. Ses sourcils abondants se touchent au centre des arcades, dominant comme un encorbellement la lumière vive de ses yeux gris. Ses lèvres sont toujours pleines, sensuelles, même sous les craquelures récentes imposées par les rafales sèches de l'harmattan. Il lève un bras et gonfle son biceps. Pas de doute, la forme s'est un peu avachie, les rondeurs s'étalent, les tendons strient davantage le muscle.

Il soupire, puis se penche vers l'évier afin de s'asperger le visage d'eau. Pendant qu'il tapote ses joues fraîchement rasées, il se dit qu'il devra reprendre l'entraînement une fois de retour à Djibouti. Sérieusement, il devra reprendre l'entraînement. Lorsqu'il ouvre la porte qui donne sur l'extérieur, la fureur solaire enflamme l'air autour de lui. Le contraste avec la climatisation le surprend toujours. Bien qu'il ait choisi une chambre face au nord, malgré l'entrée protégée par un toit et un soleil qui touche les dunes du Sahel à l'horizon, il a à peine verrouillé derrière lui que, déjà, la sueur attaque ses aisselles. Il entre dans le bar dont les portes, à chaque extrémité, laissent l'harmattan drainer la poussière ocre des ergs.

L'endroit est calme ; la plupart des touristes profitent des derniers moments de lumière et de la chaleur déclinante pour s'adonner aux activités extérieures. Au programme chez tous les guides locaux : promenade dans les rues de la ville, visite des mosquées, excursion « en chameau dans le Sahara » – qui est en fait ici une inoffensive balade à dos de dromadaire sur les dunes marquant les limites du Sahel… à deux pas de l'hôtel Bouctou. Bastien s'assure quand même de ne pas croiser de nouveau cette fichue touriste française à la mémoire étonnante. Depuis deux jours, à défaut d'être certain qu'elle a quitté Tombouctou, il scrute chaque recoin d'une salle avant d'y pénétrer, chaque détour d'une ruelle avant de s'y engager, chaque angle des bâtiments avant de les contourner. Pour la première fois depuis qu'il possède son commerce de bijoux touaregs, il s'impatiente de la lenteur coutumière des négociations et de l'habituelle manœuvre d'Alkoye de remettre les tractations au lendemain dans l'espoir d'obtenir une offre majorée. Il n'aspire plus qu'à quitter le Mali, à retrouver le havre qu'il s'est bâti à Djibouti et à attendre le prochain automne avant de revenir faire provision de babioles à touristes.

Derrière le comptoir du bar, il y a ce curieux petit serveur grassouillet, au chèche noué autour du cou, qui ne lui sourit plus, ni ne le salue plus que de simples mouvements de tête de convenance. Il s'étonne vaguement du changement d'attitude affiché par le garçon depuis deux jours, mais ne s'en formalise pas. Un rapide balayage des yeux lui permet de noter deux tables occupées chacune par deux hommes, des Blancs, et, à l'autre extrémité du bar, debout près de la sortie donnant sur les bureaux, quatre grands Noirs gesticulant, engagés dans une conversation animée traitant de géopolitique régionale. « Typiques à l'Afrique, ces discussions enfiévrées traitant de société », songe Bastien en accentuant le rictus qui lui donne une mine moqueuse. Typique aussi, cette faculté des Maliens de parler en bambara, de livrer un long passage en français, de répliquer en peul ou en songhaï, et de revenir au bambara.

— Je te dis, articule un grand Malien devant ses compagnons, que les Américains n'ont pas affaire dans notre pays. Il se servent de nous pour attaquer Séré à cause de son pétrole. Si c'était le Mali qui avait mis à jour cette nappe d'huile, c'est nous qu'ils attaqueraient.

La réplique vient en songhaï et Bastien ne peut connaître l'avis du deuxième Noir.

— Une bière, demande-t-il au serveur en arrivant au comptoir. Une *Flag*… bien froide, précise-t-il en clignant de l'œil.

Le garçon garde son air de butor et, sans un mot, se tourne pour prendre une bouteille dans le réfrigérateur. Après l'avoir décapsulée, il la place devant Bastien en la faisant claquer volontairement contre le comptoir. Le Français fait semblant de ne pas avoir remarqué et boit une longue gorgée sans se préoccuper de l'humeur des petits serveurs songhaïs.

— Bastien Tournier ?

Bastien a posé la bouteille sur le bois poli et feint de s'intéresser à l'étiquette. Une couche de buée s'est formée sur le verre ; il y trace un cercle avec son doigt.

— Vous êtes bien Bastien Tournier ?

L'accent anglophone est très prononcé. Non pas l'inflexion délicate britannique, lorsque les sujets de Sa Majesté s'efforcent de parler français en usant du bout de la langue, mais plutôt cette façon brutale qui fait vibrer le palais. La manière américaine. Un Britannique aurait également précisé « Monsieur » Bastien Tournier.

— Le rideau est fermé, réplique Bastien sans lever les yeux. Passez voir le spectacle un autre soir.

— Nous aimerions vous parler.

Dans le reflet de l'armoire à verres, Bastien note deux autres Blancs qui s'approchent du comptoir et un quatrième qui se déplace vers la sortie la plus proche afin d'en bloquer l'accès. Il est coincé. En une seconde, il juge la force de l'homme qui l'a abordé : un mètre quatre-vingt-trois ou quatre-vingt-cinq, au moins cent vingt-cinq kilos, des poings comme des melons, des bras comme des colonnes. Il lui reste une autre seconde pour se décider.

Il projette son coude droit vers le haut, d'un geste vif que l'Américain ne voit pas venir. Sans doute surveillait-il les mains sur la bouteille. Il accuse le choc en pleine mâchoire. Deux dents éclatent avec un bruit sec, parfaitement audible. Dans un seul mouvement, Bastien se retourne en saisissant du revers de la main gauche le goulot de sa bouteille. Tandis qu'il pivote sur un talon, son bras accomplit un arc de cercle et il touche l'un des deux hommes derrière lui en plein front. L'assaillant s'effondre d'un seul trait, pendant que le second, par réflexe, recule.

Bastien profite de l'intervalle pour frapper la bouteille sur le comptoir afin de la briser et de s'en faire une arme. Par deux fois, il cogne sur la moulure de bois pressé, mais le verre résiste. Il se résigne alors à marcher sur son adversaire en brandissant la bouteille intacte au-dessus de sa tête. Pendant que l'homme fixe la matraque improvisée, Bastien soulève un genou très haut devant lui, comme s'il s'apprêtait à frapper avec le pied. L'homme, d'instinct, penche la tête vers le côté opposé au moment où, précisément, le deuxième genou de Bastien se soulève à son tour. Sa jambe se détend, tel un ressort et, trop vif pour l'œil, envoie le dessus du pied à la hauteur de la joue de son adversaire. Le choc renvoie l'homme culbuter sur une table derrière lui, tandis que Bastien ressent une vive douleur, du métatarse jusqu'à la rotule. Noyé d'adrénaline, il ne s'en préoccupe que le temps de retrouver son équilibre et de filer en direction de la sortie que bloque le quatrième adversaire. Celui-ci, confronté à la rage qu'il lit dans les yeux de Bastien, choisit de ne pas combattre. Levant un bras à la hauteur du visage pour se protéger de la bouteille, il plonge derrière une table en lui laissant la voie libre. Le Français gagne la porte et, au moment où il commence à croire à sa victoire, un poing venu de l'arrière, gros comme un melon, l'atteint à la tempe. Le sol se dérobe sous ses pieds et il s'étonne de plonger vers le ciel comme on saute d'un tremplin. La silhouette grotesque du gros Américain réapparaît de nouveau, floue dans la lumière trop vive. Il distingue de façon très vague un autre melon, puis le monde s'éteint tout à fait.

Sur le mur nu, une lézarde part du plafond et se perd derrière la tête du lit. Un margouillat court sur le crépi entre le plafonnier et une poutre qui sert de traverse. Près de la porte donnant sur la salle de bains, un miroir est cassé en son milieu, divisant en deux toute image qu'il réfléchit. Le lit est fait soigneusement, mais les occupants y ont posé deux vestes et une valise ouverte. Le climatiseur, poussé au maximum, vibre de toutes ses composantes en crachotant un air tiède qui ne parvient pas à rafraîchir la pièce. Les frémissements de l'appareil agitent la fenêtre au-dessous, animant les rideaux qui ondulent comme la dentelle d'une danseuse de baladi.

Bastien s'est réveillé assis sur une chaise inconfortable, ligoté à la hauteur de la poitrine par la corde qui sert à ouvrir et à fermer les stores. Ses poignets sont liés derrière le dossier par des attaches de plastique qui lui entaillent la peau. Déjà, il sent quelques doigts à moitié engourdis. Un côté de la tête lui renvoie une douleur lancinante et il se sent comme une cloche sur laquelle s'acharne le bedeau. Il arborera bientôt un monumental œil au beurre noir… s'il vit assez longtemps.

En face de lui, le gros Américain a posé les fesses sur le lit. Sa mâchoire inférieure affiche une enflure appréciable et il y porte régulièrement la main, en fait, chaque fois qu'il oublie de prétendre, dans une attitude dégagée, que ce n'est rien. Autour de lui, ses trois acolytes soignent leurs propres bosses, sauf celui qui a cédé devant Bastien et qui, de lui-même, se tient un peu à l'écart. Il semble embarrassé de n'être pas solidaire de ses compagnons en pansant lui aussi une ou deux plaies.

— Tu sais, Bastien, on est contents de t'avoir trouvé.

Ça, c'est la façon typique d'un Américain de parler français. Les civilités d'usage sont gommées pour user de la manière directe propre à l'anglais d'outre-Atlantique : le prénom au lieu du nom, le tutoiement…

— Il y a longtemps que tu n'es plus sur la liste prioritaire de nos avis de recherche ; j'avoue même qu'on t'avait un peu oublié. Mais là, on peut dire que tu tombes à pic.

Il ne regarde pas Bastien et feint de s'intéresser aux données contenues dans un dossier entre ses mains. Il se donne une contenance, joue le rôle de l'enquêteur décontracté qui maîtrise la situation, du joueur qui possède tous les atouts, mais qui continue à abattre les cartes une à une pour le seul plaisir de ramasser les donnes. Bastien connaît la méthode ; il l'utilise lui-même.

— Je n'ai pas votre putain de fric.

Le gros Américain inspire bruyamment. Il lève d'abord les yeux vers le mur en face, jouant celui qui contient son impatience avec indulgence, puis les pose sur le Français. Ils sont d'un bleu pâle, soulignés par une ligne plus foncée qui marque la cornée. En omettant l'aspect bouffi que la quarantaine a ébauché sur ses traits, l'Américain peut être encore un homme séduisant.

— Je m'appelle Geoffrey Manley, dit-il d'un ton qui se veut bienveillant. Je suis officier de la C.I.A., division européenne, posté à Berne. J'étais de passage à Abidjan pour une tout autre mission, lorsque j'ai reçu l'appel de mes supérieurs indiquant que l'on venait de te repérer à Tombouctou. J'ai abandonné tous mes rendez-vous séance tenante pour venir ici en espérant que tu ne sois pas déjà reparti.

— Pourquoi est-ce que je ne me sens pas flatté ?

Manley fixe le Français un moment comme s'il l'étudiait, comme s'il évaluait la part de peur et d'ironie dans son attitude. Mais Bastien a appris depuis longtemps à travestir les émotions véritables qui l'animent, pour ne laisser transparaître de lui que le masque qu'il veut bien afficher. Manley le comprend rapidement.

— Je te présente les agents Williams et McComber qui, comme moi, vont conserver quelque temps le souvenir de notre première rencontre…

— Parce qu'il y en aura d'autres ?

— … et le capitaine Doherty, le seul qui ne comprenne pas très bien la langue de Paris, mais qui a quand même très vite saisi que tu étais contrarié.

— Excusez-moi de ne pas vous serrer la main, j'ai comme un empêchement.

— Désolé, mais tu nous as démontré que tu avais un caractère instable.

— Détachez-moi et je vais vous prouver, au contraire, que j'ai de la suite dans les actions que j'entreprends.

— *C'm'on* Bastien, dit Manley. Cesse de jouer les valeureux. On connaît ton courage, tu connais notre force. On est quatre… (Il porte la main vers l'arrière, à la hauteur de la ceinture, et en retire un colt, calibre 38, qu'il présente devant lui avant de le poser sur le lit.) … et on est armés. On ne sera plus aussi négligents que dans le bar, tout à l'heure. Tu as donc tout intérêt à coopérer.

— Ouais, d'accord. Mais vous pourriez au moins desserrer un peu les liens avant que mes mains tombent d'elles-mêmes. Je ne sens plus mes doigts.

Manley fait signe à McComber, qui détermine laquelle des attaches est la plus serrée. Il la sectionne avec un canif, en s'assurant que les deux autres qui se croisent suffisent à maintenir les mains immobilisées. Bastien ne le remercie pas.

— Je n'ai pas votre putain de fric, répète-t-il en constatant que Manley ne parle plus et consulte de nouveau le dossier devant lui.

Sans paraître se soucier de l'argument, l'Américain extirpe une feuille noircie de données.

— Bastien Tournier, nationalité française, père décédé en bas âge, mère canadienne… études politiques à la Sorbonne, abandon… trois ans dans les forces armées, abandon… école de police, premier de classe… agence de détectives pendant quelque temps, encore un abandon… décidément… puis agent de la D.G.S.E.

— Vos dossiers sont de la foutaise. Je n'ai jamais été agent de la D.G.S.E.

— C'est vrai, pardon. Enquêteur indépendant pour divers organismes, notamment humanitaires, *et* pour la D.G.S.E.

— Je ne suis quand même pas un agent secret.

— Quand même pas.

Manley continue de parcourir le document des yeux comme s'il y cherchait un élément davantage percutant. N'ayant rien trouvé, il le pose simplement sur ses genoux.

— Parfois, à la C.I.A., on utilise aussi des éléments indépendants qui nous permettent de ne pas brûler nos agents…

— … et qui coûtent moins cher.

— Compressions budgétaires obligent.

— Cette expression me paraît obscène venant de l'agent d'un pays qui, depuis la gifle infligée par les islamistes, voit ses budgets de sécurité augmenter d'une année à l'autre.

Manley ne relève pas la remarque, qu'il soupçonne être une provocation. Son prisonnier cherche à le détourner de l'objectif de l'interrogatoire et à lui faire perdre l'initiative. Il enchaîne.

— Tu sais que si les Juifs t'avaient trouvé avant nous, en ce moment tu aurais les deux bras et les deux jambes cassés.

— Le rancune est un défaut.

— Quand même, la somme était rondelette.

— Combien de fois faudra-t-il que je répète que je n'ai pas ?…

— Sans compter qu'il y a eu une ou deux missions subséquentes où tu t'es dressé sur leur chemin.

Bastien ne juge pas opportun de répliquer, incertain que la remarque ne soit pas plutôt un hameçon lancé pour le ferrer. Cherche-t-on à lui faire confirmer des pistes incomplètes et incertaines ? Il ignore quelles parts de ses missions sont connues et quelles sont celles qui circulent dans les sphères du renseignement international.

— À Addis-Abeba, notamment, poursuit Manley. Drôle d'idée de protéger un pédophile, non ?

— Ce n'est pas le pédophile qu'on protégeait, mais le processus de paix au Moyen-Orient.

— *What a f !...* En permettant aux Palestiniens de se procurer plus d'armes ; ça achète la paix, ça !

Bastien ne réplique pas. Dans sa mémoire, il revoit une petite Noire de quinze ans, jolie comme toutes les petites Noires de quinze ans. Sa tête forme un drôle d'angle, appuyée contre le montant du lit. Entièrement nue au milieu des draps retournés, elle a la poitrine ouverte, un sein éclaté.

— Le Lion de Palestine, tu sais de qui je parle, Bastien ? demande Manley en l'observant. Ce n'est quand même pas un ange. Pourquoi n'avoir pas laissé les Israéliens lui faire son compte ?

— Ça les arrangeait trop. Eux et vous.

— C'est drôle de constater comme la France est à la fois l'alliée et l'adversaire de mon pays. Pourquoi vous ne voulez pas admettre que sans nous, vous parleriez tous allemand ?

— Pourquoi vous ne voulez pas admettre que sans nous, vous seriez encore sujets de la reine d'Angleterre ?

Manley sourit avant de s'intéresser de nouveau à la feuille sur ses genoux.

— Un à un, dit-il après un moment.

Puis, il renifle, replace la feuille dans la chemise et courbe le dos en plaçant les mains sur les reins. Sa chemise tire sur les boutons au point de menacer de s'ouvrir. Manley expire bruyamment, en posant ses mains sur les genoux, dans un claquement.

— *Nevertheless*, échappe-t-il en se levant, *that Lion, what a fucker*!

2: Le Lion de Palestine

« C'est quand la roue du chariot est cassée que des tas
de gens vous diront par où il ne fallait pas passer. »
Proverbe arabe

(2 ans plus tôt)

Café Shalom, Tel-Aviv

Sarah avait bu une gorgée de jus de fruit et la pellicule humide qui restait sur ses lèvres promettait un goût de pêche à celui qui oserait l'embrasser. Mahmoud déglutit de désir en imaginant sa propre bouche soudée à celle de la jeune fille.

— Je veux devenir martyre, dit-elle en soulevant des cils lourds.

En prononçant ces paroles sacrilèges, elle effleura du bout des doigts la main de Mahmoud. Le garçon frémit comme la vallée sous la foudre. Il jeta un rapide coup d'œil aux clients du café, inquiet qu'une ouïe acérée ait pu saisir la confidence.

— Chez les Juifs, le suicide est un grave péché, Sarah !

— Mais je ne suis plus juive, Mahmoud ! Tu as ouvert mon cœur. Seul Allah, désormais, dicte ma destinée.

— Alors, fais-toi musulmane et je t'épouserai. Je ferai de toi la plus comblée des femmes.

Elle battit des paupières dans un mouvement frénétique, masquant et dévoilant ses larges prunelles noires.

L'adolescent se demanda comment il pourrait se lever de sa chaise sans s'effondrer si elle continuait à le regarder de cette façon.

— Mes parents me tueraient, répliqua-t-elle d'une voix tremblante. Aucun désert ne sera assez grand, ni aucun océan assez profond pour échapper à la fureur de mon père, quand il apprendra que j'ai renié ma religion pour marier un Arabe.

— Nous nous réfugierons en Cisjordanie. Là, il ne...

— En Cisjordanie ? C'est la porte à côté ! Mon père, mes oncles et mes frères savent traverser cette frontière comme bon leur semble. Ils n'auront aucune peine à trouver et à approcher notre maison pour venir nous y poignarder et se laver dans notre sang. Tu ne les connais pas ! Des orthodoxes extrémistes, prêts à tout pour cette terre qu'ils s'imaginent avoir hérité des mains de Dieu Lui-même. La haine qu'ils entretiennent envers les Arabes leur a si bien voilé les yeux qu'ils ne distinguent plus depuis longtemps de qui, Dieu ou Diable, ils sont les officiants.

— Mais devenir martyre signifie que tu...

— Signifie que je veux te suivre dans cet acte de courage. Je veux mourir avec toi pour Dieu, en combattant ses ennemis : ma famille. Ainsi, tous les deux, nous nous retrouverons aux jardins d'Allah, où nous profiterons de ses bienfaits pour l'éternité.

— Pour... l'éternité ?

— Toi et moi, dans les jardins d'Allah.

Elle battit de nouveau des paupières, et lorsque Mahmoud voulut répliquer, sa gorge ne parvint à émettre qu'une vague éructation.

Bar L'Africaine, Djibouti

Bastien était accoudé derrière le bar et observait d'un œil distrait les vidéoclips de l'écran de télévision. Quelques clients aux tables semblaient faire la sourde oreille aux prostituées qui cherchaient à les entraîner dans les chambres. L'air enfumé noyait l'éclairage des lampes dans une chape lourde, jaune et nauséabonde.

La porte d'entrée s'ouvrit et la lumière dessina une silhouette trapue. La fumée s'agita un moment dans une danse éphémère, puis le bar reprit sa monotonie sous les airs sucrés d'une musique populaire indienne.

La silhouette s'avança vers le comptoir de Bastien en jetant de rapides œillades autour d'elle, comme pour s'assurer de repérer chaque client et chaque fille. Il s'agissait d'un homme dans la cinquantaine, que la corpulence forçait à marcher en se dandinant. Une calvitie prononcée faisait briller son crâne en alternance chaque fois qu'il passait sous la lumière directe d'une lampe. Il s'accouda au comptoir.

— J'espère, Bastien, que tu as autre chose à boire que cette pisse bon marché que tu refiles aux marins en prétendant que c'est de la bière.

— Jérémie Moulin ! Vieille carne ! Comment tu m'as trouvé ?

— Je te pensais reparti pour l'Éthiopie, fit l'homme sans répondre à la question. Qu'est-ce que tu fous dans ce trou à rats ?

— Ce n'est pas si mal, dit Bastien en plissant les lèvres. La bouffe est bonne, j'ai de la bière à bon marché et, pour moi, les filles sont gratuites. Ton copain, le commandant de la base, m'a facilité l'obtention de tous les permis nécessaires.

— *Wow*! C'est la grande vie, à ce que je vois.

— Je soupçonne une vague ironie.

— Pas du tout ; le luxe effarant qui t'entoure m'abasourdit. Moi qui croyais avoir quelque chose d'intéressant à t'offrir.

— Tu veux dire que tu n'es pas ici par hasard ? Que tu tenais vraiment à me voir ? Mon cœur s'emballe.

— Donne-moi une bouteille de pisse, que je te fasse une proposition. Froide, la pisse.

— Et la proposition ? Froide aussi ?

— Plutôt chaude, mais ça se pourrait que tu aies à refroidir quelques intervenants.

Bastien tendit une bouteille et un verre à Jérémie, pendant que ce dernier s'installait sur un banc au bout du comptoir. Il y eut trois secondes de silence entre deux vidéo-clips, puis la musique reprit à tue-tête.

— Tu veux qu'on aille discuter dans le bureau ? demanda Bastien en se servant un bourbon.

— Non, ici c'est parfait. Dans ce tinta-marre, on est certains de ne pas être enten-dus par des oreilles indiscrètes.

— O.K. Alors, qu'es-tu venu m'offrir ? Si c'est pour mon cadeau d'anniversaire, tu es en retard. C'était il y a huit mois.

— Disons plutôt un contrat... si tu tiens toujours la forme.

— J'ai passé le cap, maintenant. Je suis quinquagénaire.

Jérémie plissa le nez après avoir avalé une gorgée de bière.

— Putain ! Ce truc est vraiment infect. J'au-rais dû commander de la pisse pour de vrai.

— Mais je fais de la course et un peu de boxe, poursuivit Bastien sans tenir compte de la remarque. Je lève aussi des haltères trois ou quatre fois par semaine et je saute une pute quatre soirs sur cinq. (Il plia le bras pour soulever un biceps un peu maigre.) Je suis en bonne forme.

— Si je me souviens bien, et si ton dossier n'est pas trop falsifié, tu parles arabe et amharique, non ?

— Avec le français et l'anglais.

— Compagnon, la France a besoin de vous.

Malgré les lumières tamisées, Jérémie remarqua un nuage sombre passer dans le regard de Bastien.

— La France, tu parles ! Elle n'a pas fait grand-chose pour moi, la France, pendant que je croupissais dans les geôles tchétchènes.

— Pardonne-moi ; la blague m'a échappé. Je sais que je ne te convaincrai pas d'accepter le contrat à rabais avec des slogans patriotiques. J'ai une offre intéressante pour toi.

Jérémie se saisit d'un stylo, dans la poche intérieure de son veston, et nota un montant de deux chiffres sur la paume de Bastien.

— Ajoute trois zéros au bout, dit-il, et si tu acceptes, ce montant est déposé dès demain dans le compte bancaire de ton choix.

— C'est en euros ou en francs ?

— Tu sais bien que je ne pense plus en francs depuis longtemps. Trois mois au moins.

Bastien ne put retenir un sifflement admiratif.

— La D.G.S.E. a fait une campagne de financement et a dépassé ses objectifs ? Que dois-je faire pour mériter une telle reconnaissance ? Convertir Oussama ben Laden à la scientologie ? Abattre un chien de Brigitte Bardot ?

— Peut-être que tu n'auras pas à tuer qui que ce soit. En fait, c'est surtout ton don des langues qui sera mis à contribution... et ton attitude soupçonneuse et paranoïaque, bien sûr.

— Afin de ?

— Afin de protéger un important personnage arabe que nous croyons être dans la mire du Mossad.

— Pourquoi la France choisit-elle de jouer les nounous avec les importants personnages arabes ?

— Pour les mêmes raisons que depuis toujours : pour faire contrepoids à la mainmise américaine et britannique sur les régimes du Proche-Orient. Pendant que l'appui des cow-boys va aux Israéliens, la France s'attire la faveur des Arabes en espérant en tirer des bénéfices le jour où la paix s'établira enfin dans cette région maudite.

— Ce n'est pas demain la veille.

— Ça, c'est le problème des politiques et des banquiers. Nous, on est là pour faire bouger réellement les choses.

— Très bien, alors donne-moi les détails.

Jérémie but une longue gorgée de bière, jeta un regard sur les clients et les filles, qui ne lui prêtaient aucune attention, puis se pencha davantage sur le comptoir, autant pour se rapprocher de Bastien que pour déplacer sa masse du banc inconfortable. Il frotta un peu sa fesse engourdie.

— Si je te dis « Le Lion de Palestine », tu sais de qui je parle ?

— Bien sûr. Farouk Rachid ben Hassan. Uléma palestinien. Combattant politique de la première heure. Probablement à la tête de plusieurs attentats-suicides en Israël. Un extrémiste parmi les plus durs. On ne l'aperçoit que rarement lors des manifestations ou autour des tables de négociations, mais son opinion est évidemment très respectée et son influence, puissante, parmi les dirigeants palestiniens. Je ne crois pas que Yasser Arafat prenne la moindre décision d'importance sans en référer au « Lion ».

— On soupçonne le Mossad d'avoir envoyé des tueurs à ses trousses.

Bastien fit une moue des lèvres après les avoir trempées dans le bourbon.

— Non, fit-il après un moment. Vos informations sont fausses. C'est un trop gros morceau. Ça déclencherait la tempête dans les pays arabes et ceux-ci n'auraient aucun mal à s'attirer la faveur de l'opinion internationale. Même les États-Unis ne pourraient approuver directement leur allié juif après un acte de guerre pareil. Sans le désavouer, au mieux, ils garderaient un silence prudent.

— Le Lion est anti-juif jusqu'à la moelle et, au goût d'Israël, son influence est devenue trop grande parmi les modérés arabes.

— Malgré cela. Jamais Israël ne prendra le risque de l'assassiner à Ramallah et, même si l'uléma sortait du pays, il faudrait une sacrée bonne raison pour justifier qu'on tue un bonhomme aussi influent et respecté dans la communauté arabe.

— N'oublie pas que pendant Noël 2001, Israël a utilisé le prétexte des attentats-suicides pour empêcher Arafat de sortir de chez lui. Un peu plus et on l'éliminait.

— Mais ils ne l'ont pas fait, bien qu'ils en aient eu le pouvoir. Ça confirme ce que je te dis.

— D'accord. Supposons que pendant que notre bonhomme est à l'étranger, quelques Palestiniens faisaient exploser une bombe à Jérusalem et tuaient un ou deux enfants. Alors que l'élastique est tendu à sa limite et qu'on ne peut plus tolérer le moindre pet à Jérusalem ? Et si elle se présentait, cette putain de justification, tandis que l'uléma joue les touristes loin des siens ?

— Les Arabes ne feront pas cette erreur. Si le Lion prévoit une visite à l'étranger, il n'y aura aucun attentat. Peut-être des menaces, de la rhétorique, des cailloux balancés aux soldats, mais rien de plus.

— Je vois que tu lis tes journaux tous les matins et que tu as bien compris la dynamique qui prévaut en Terre promise. Mais voilà, il semble bien que le vieux Lion veut venir faire un tour en Afrique, cette semaine. Voyage confidentiel, bien sûr. Ce qui dérange les politiques, c'est que deux agents du Mossad ont été repérés à Djibouti. Drôle de hasard : ce magnifique port de mer est précisément la destination secrète de notre uléma.

— Eh bien ! le vieux prêcheur n'a qu'à demeurer chez lui si ça s'annonce si mal.

— Un peu difficile. Les revues à potins de la C.I.A. et du Mossad indiquent qu'il vient prendre entente avec un représentant du gouvernement soudanais pour une grande livraison d'armes en provenance de l'Iran et à destination des combattants palestiniens. Inutile de dire que la Knesset se trouve un tantinet contrariée par la rumeur véhiculée dans les services de renseignements.

— On dirait que les Arabes veulent se reprendre face à l'échec du Karine A. Pourquoi ben Hassan doit-il signer lui-même cette entente ? S'il ne peut faire autrement et que le danger pour sa vie est si grand, qu'il fasse venir le Soudanais à Ramallah, ou qu'ils se retrouvent, toute leur confrérie, à Khartoum ou à Sanaa, là où le Mossad aurait beaucoup plus de difficulté à s'infiltrer.

— C'est que tu ignores les petits travers du vieux Lion.

— On n'apprend donc pas tout dans la presse ?

— L'uléma aime beaucoup les jeunes filles de moins de seize ans.

— Il n'avait qu'à faire des enfants.

— Comme elles ne sont pas très coopératives pour la chose dans les pays musulmans, le vieux cochon... pardon, le vieux Lion préfère une rencontre dans un lieu chrétien, où nous sommes beaucoup plus tolérants à laisser nos fillettes se faire défoncer par de vieilles bittes. Tu vois le scandale ? Un uléma palestinien abattu par le Mossad, pendant qu'il sautait une gosse de quatorze ou quinze ans. Facile de calmer une opinion mondiale rébarbative quand la victime est finalement un agresseur. Nous avons donc comme mission de protéger la vieille bitte et ses travers.

— Il suffit alors d'arrêter les tueurs que vous avez repérés.

— Tu connais l'efficacité de ces gars ? Sitôt repérés, sitôt perdus. Tout ce qu'on sait maintenant, c'est qu'ils sont à Djibouti.

— Alors, envoyez le Lion sauter les pucelles ailleurs.

— C'est en plein ce qu'on a l'intention de faire pour contourner le problème. C'est là qu'on a besoin de toi. Addis-Abeba, ça te dit ?

— Vous détournez le vieux Lion en Éthiopie ?

— Ta couverture officielle : interprète de l'arabe à l'amharique. En sous-main, tu diriges les deux gardes du corps qui l'accompagnent. Tu pars demain. Tu seras absent trois jours, au maximum. Je n'ai rien à faire en t'attendant. Alors, dis aux filles que je suis le nouveau gigolo de service.

— Allah m'en préserve ! J'ai un assistant, ne t'en fais pas.

Cinéma Rachel, Tel-Aviv

Mahmoud descendit de l'autobus en se mêlant aux badauds israéliens. Au coin d'un bâtiment, il aperçut Sarah, debout, qui faisait mine de lire un magazine, appuyée contre une affiche annonçant un film américain. Moulée dans un jean parfaitement lisse et dans un T-shirt qui étirait ses seins droit devant elle, elle ressemblait à n'importe quelle collégienne juive attendant l'autobus. Ses longs cheveux noirs étaient vaguement ramenés au-dessus de sa tête, coiffés selon cette mode séduisante de laisser-aller étudié. À observer les courbes parfaites de la jeune femme de cinq ans son aînée, l'adolescent en ressentit un trouble électrisant à la hauteur du pubis. S'il lui fallait la marier un jour, il l'obligerait à se voiler et à se vêtir pudiquement afin de la dérober aux regards des autres hommes. Il ne pouvait supporter l'idée que des inconnus dans la rue la désirent en secret, dévorant sa silhouette de leurs regards impudents.

En l'apercevant du coin de l'œil, Sarah fit mine de ne pas le reconnaître et pénétra dans le cinéma derrière elle. Elle acheta un billet pour un film déjà en cours de projection et entra dans la salle obscure. Quelques minutes plus tard, Mahmoud l'imitait et, parmi les bancs à moitié remplis, fit semblant de s'asseoir près d'elle par hasard. Dans la dernière rangée où ils se trouvaient, ils discernaient les ombres profilées de chacun des spectateurs sur l'écran. Ils avaient expressément choisi un film d'action où le degré sonore était à son maximum. Ainsi, leur conversation risquait moins d'être surprise.

— Alors ? s'informa Sarah sans détourner les yeux de l'écran.

— Ils refusent, répondit Mahmoud en fixant le film lui aussi. Ils disent que le moment est mal choisi pour un attentat. Ils ne veulent pas provoquer les Juifs avant un mois ou deux.

— Pourquoi ?

— Ils ne me l'ont pas dit. Les attaques reprendront très sûrement avant le lancement des prochaines élections mais, pour l'instant, ils s'en tiennent aux discours et aux accusations dans les journaux.

Sarah se tourna une seconde vers Mahmoud, le temps de lui lancer un regard méprisant.

— Tu es certain que tu n'inventes pas cette excuse parce que tu as peur de mourir ?

L'adolescent perçut la remarque comme si une lame venait de déchirer les muscles de son cœur.

— Je... Je te jure, Sarah. Par Allah ! c'est ce qu'on m'a répondu quand j'ai fait part de notre projet. Ils sont ravis, bien sûr, de recruter de nouveaux martyrs pour la cause de mon... de notre peuple, mais ils ne veulent pas brusquer le gouvernement israélien avant plusieurs semaines.

— Alors, on fera sans eux.

— Mais... Sarah, je ne crois pas que ce soit une bonne idée de risquer une action qui nuirait aux Palestiniens. Ce serait travailler contre ce pour quoi nous combattons. Ils ont sûrement de bonnes raisons...

— Je me fous de leurs raisons ! coupa la jeune femme en le regardant de nouveau. Je ne vivrai pas un mois ou deux de plus au milieu de cette famille que j'abhorre. Allah m'a appelée auprès de lui, et je veux me trouver dans ses jardins le plus tôt possible. Au département de chimie de l'université, je saurai trouver tout le matériel nécessaire. Je n'ai pas besoin de tes prétendus combattants qui font des ronds de jambe aux ennemis de l'islam. C'est seulement que... (Elle retint un sanglot.) C'est seulement que je croyais que tu m'aimais et que tu avais envie de l'éternité en ma compagnie.

Piqué de nouveau, Mahmoud abandonna l'écran pour croiser le regard humide de la Juive. Son estomac se serra sous l'effet de la peur, de l'espoir et de la joie mélangés. Ses lèvres tremblaient lorsqu'il répliqua.

— Allah m'est témoin, Sarah, commença-t-il, que tu es la seule femme que j'aimerai jamais. Je ferai tout ce que tu désires pour te rendre heureuse et pour vivre avec toi le temps qui nous reste ici-bas et celui que Dieu nous accordera dans son paradis.

Elle ne posa que le bout des doigts sur la main de Mahmoud, mais ce fut pour l'adolescent une caresse aussi violente que si elle s'était jetée sur lui pour l'étreindre furieusement. Il cessa de respirer pendant une seconde et, dans l'étourdissement provoqué, il pensa avoir déjà atteint les jardins convoités.

France Exports, Le Caire

De la fenêtre du bureau de France Exports, son entreprise de couverture en Égypte, Jérémie pouvait apercevoir la haute tour du Caire, qui pointait le ciel de son bouton de lotus en ciment. À son sommet, les lumières immobiles du restaurant illustraient le malheur du mécanisme, installé en 1957. Équipement inadéquat ou faiblesse du courant électrique, la structure affichait régulièrement sa défaillance. Pendant qu'il pianotait un numéro sur le clavier de son téléphone, le Français ne put s'empêcher de se rappeler la réflexion que lui avait faite un ami égyptien, lors de son arrivée dans la capitale, plusieurs années auparavant : « Le restaurant pivotant, il est comme la révolution de 1952: un petit tour et c'est fini ».

— Allô.

— Bastien ? C'est Jérémie. Où es-tu ?

— À l'aéroport. Mon avion part dans moins d'une demi-heure. Cinq minutes de plus et je fermais mon cellulaire.

— J'ai du nouveau.

— Vous avez retrouvé les deux agents ?

— Non. Plus curieux encore. J'ai hâte de savoir si tu penses la même chose que moi.

— Moi, je pense que Rébecca est mieux que Sylvia, mais c'est une question de goût.

— Ce qui confirme tes goûts douteux. Mais il y a plus curieux encore. On a repéré d'autres agents du Mossad à Asmara, au Caire et à Amman. Tu fais un lien ?

— Hum ! Comme ça, à vue de nez, je dirais qu'avec Djibouti, il s'agit de quatre endroits potentiels où notre uléma aurait pu choisir de rencontrer son agent soudanais.

— Tu es sur la bonne voie.

— Personne n'a été repéré à Addis-Abeba ?

— Personne.

— Soit il n'y a personne en Éthiopie, soit ceux qui s'y trouvent ne sont pas fichés dans nos dossiers, soit ils sont plus malins que tous les autres, ou encore...

— Ou encore ?

— Ou encore on a fait exprès de nous faire repérer les autres agents ailleurs dans l'idée de nous faire croire que l'Éthiopie a été négligée ou oubliée.

— Dans le but bien sûr de ?

— De nous inviter à nous y rendre, parce que c'est là qu'on espère frapper le Lion.

— Tu viens de remporter une nuit avec Sylvia !

— Je préfère Rébecca.

— Double tes rations de café afin de rester bien éveillé. Ça commence à grouiller dans la renardière.

— Je persiste à penser que les Israéliens ne tenteront rien contre le Palestinien, mais il conviendrait quand même d'annuler simplement le voyage du...

— Oublie ça, le vieux a déjà quitté la Cisjordanie et se trouve en transit à Médine.

Aéroport Bole, Addis-Abeba

À l'extérieur de l'aéroport d'Addis-Abeba, Bastien se frayait un chemin en repoussant sans brusquerie les badauds venus attendre les voyageurs qui arrivaient. Hommes aux chemises maculées de poussière et de sueur, femmes aux robes défraîchies et enfants surexcités s'entrecroisaient dans une gavotte désordonnée, bruyante et colorée. Le soleil jetait le feu d'Afrique sur le tarmac et sur les accès asphaltés, mêlant les odeurs de macadam surchauffé aux effluves des gaz d'échappement, aux fumets gras des restaurants avoisinants et aux exhalaisons musquées des visiteurs.

Farouk Rachid ben Hassan, le Lion de Palestine, apparut, minuscule dans sa *galabieh* blanche qui le recouvrait jusqu'aux chevilles. Son visage émacié se découpait sans traits particuliers, anodin, sous un keffieh décoré des motifs typiques aux Palestiniens. De ses longues manches aux plis impeccables émergeaient seulement le bout de ses doigts. Sa main droite était refermée sur une mallette noire. De chaque côté de lui, ajustés à son pas, marchaient deux hommes plutôt grands, moustachus et chaussés de verres fumés, comme si ceux-ci tenaient à afficher leur rôle de garde du corps. Ils étaient vêtus à l'occidentale, de complets-veston et de chaussures cirées.

Bastien fit un signe, comme convenu, et l'un des hommes s'approcha de lui, tandis que le second garde du corps attendait légèrement en retrait en compagnie de l'uléma.

— Dites-moi, commença le garde en arabe, vous qui êtes visiblement chrétien, quelle question se pose le prophète Jérémie, dans l'Ancien Testament, au chapitre XIII, verset 23 ?

« Le prophète Jérémie, ricana Bastien intérieurement. Tu parles ! Le prophète Jérémie Moulin, oui. » Il répondit :

— Un Éthiopien peut-il changer de peau ? ou une panthère de pelage ?

— *Tayyib*, répliqua l'Arabe. O.K., nous vous suivons.

Il fit un geste de la main, et son collègue entraîna l'uléma dans leur direction. Sans un mot, Bastien les précéda jusqu'à une Toyota Land Cruiser blanche. Le premier garde s'assit à l'avant, sur le siège du passager, tandis que le second garde s'asseyait derrière Bastien. Ben Hassan héritait de la place à droite, considérée comme la plus sécuritaire.

Bastien mit immédiatement le moteur en marche et s'engagea au milieu des piétons et des automobiles afin de quitter au plus vite les abords surpeuplés de l'aéroport. Dans le rétroviseur, il regarda le visage osseux émerger du keffieh.

— *Ismi* Bastien Tournier, dit-il en se présentant dans un arabe impeccable. Je suis honoré de faire la connaissance du Lion de Palestine.

— Je suis honoré de faire la connaissance d'un chrétien prêt à défendre un musulman, répliqua l'uléma dans un français teinté d'accent parisien. Votre pays semble se faire beaucoup de souci pour moi. Vous croyez que c'est parce que j'ai étudié à la Sorbonne ?

— Nous croyons malheureusement que nos mesures de prudence ne sont pas trop exagérées, *sayyib*.

— Nous verrons bien. De toute manière, votre présence nous est très précieuse, ne serait-ce que pour vos connaissances en amharique.

Il poursuivit en arabe :

— Assis près de vous, voici Youssouf ; et derrière vous, Karim. Comme ils ne parlent que la langue du prophète – et baragouinent vaguement l'anglais –, je suggère que la conversation se fasse en arabe.

— Vous m'en voyez le premier ravi, répliqua Bastien, diplomate.

Il se concentra quelques secondes sur la conduite, tandis qu'il contournait un troupeau de chèvres qu'un jeune berger guidait avec maladresse le long de la route menant vers le centre-ville.

— Vous avez déjà réservé votre chambre ? demanda-t-il après avoir terminé la manœuvre et repris une vitesse plus élevée.

— Au Sheraton, dit Youssouf.

— Bien, répliqua Bastien. Je vous emmène donc au Wade Shebelle.

— Quoi ?

— *Lëh*? demanda ben Hassan. Pourquoi ?

— Parce que de nouveaux renseignements nous font soupçonner que des tueurs du Mossad sont sur votre piste ici. Si cela s'avère exact, ils vont surveiller les abords du Sheraton, du Hilton et du Ghion. Ils ne leur viendra pas à l'idée de vous rechercher au Wade Shebelle. En tout cas, pas immédiatement, ce qui vous donne le temps de rencontrer votre contact... et de passer une ou deux soirées.

— Le Lion de Palestine ne se laisse pas héberger dans des hôtels de catégorie inférieure, plaida Youssouf.

— C'est ce que se disent également les Israéliens et c'est parfait. Le Wade Shebelle est un hôtel trois étoiles propre, tout ce qu'il y a de plus convenable. La rencontre avec le représentant soudanais se fera également dans un endroit public que j'ai choisi ; je vous en informerai en temps en lieu.

— *An iznak, ustaez* Tournier, fit Youssouf, mais en tant que responsable de la sécurité de l'uléma, je me...

— Laisse, Youssouf, coupa ben Hassan. Afin de rassurer nos partenaires français, j'ai accepté que ce voyage soit encadré par les services que représente monsieur Tournier. Les compromis qu'implique cette coopération ne sont quand même pas dramatiques. Si les craintes formulées par la France étaient fondées, nous ne pourrions que nous féliciter d'avoir accepté que notre sécurité soit assurée par son « mandataire ». Disons que monsieur Tournier dirige les grandes lignes de notre sécurité commune, et que toi et Karim représentez ma protection rapprochée.

— *Kwayyis sayyib*, répliqua Youssouf, résigné.

— De toute façon, conclut Bastien, mieux vaut être vivant dans un trois étoiles que mort dans un cinq.

Restaurant Ras Amba, Addis-Abeba

Le restaurant Ras Amba était facile à surveiller, grâce aux deux seules entrées qui en permettaient l'accès. Comme le bâtiment était construit sur une hauteur dominant la rue, on pouvait facilement en épier l'entrée principale du haut des jardins qui le surplombaient. Une surveillance tout aussi serrée pouvait être exercée par l'arrière de la bâtisse, à la porte même du restaurant, puisque la ruelle qui en donnait l'accès se terminait par un cul-de-sac et qu'il fallait que chaque visiteur passe forcément devant le gardien en service.

Youssouf avait été désigné pour arpenter les jardins en avant, tandis que Karim surveillait le stationnement à l'arrière. Bastien, quant à lui, se tenait discrètement à l'écart, à l'intérieur même du restaurant. Les trois hommes maintenaient une communication constante entre eux à l'aide d'un écouteur enfoncé dans l'oreille et d'un micro dissimulé dans le col de leur chemise.

Farouk Rachid ben Hassan était assis à une table, en compagnie d'Abdullah al-Idrisi, ministre influent à l'intérieur du gouvernement soudanais. Près de celui-ci, debout, deux hommes à la mine fermée jouaient également leur rôle de chiens de garde. À cette heure peu avancée de la journée, seulement trois autres tables du restaurant avaient trouvé preneurs. La première était occupée par un jeune couple de Suédois qui s'évertuaient à manger leur soupe tout en essayant de calmer les ardeurs enjouées de leurs deux bambins. La seconde table était accaparée par un homme dans la soixantaine, blanc également, dont la chair molle du cou pendait par-dessus un col romain. Un énorme grain de beauté entre ses sourcils dessinait un troisième œil énigmatique qui semblait regarder fixement chaque détail sur lequel il s'arrêtait. La troisième table, retirée dans le coin le plus éloigné de la pièce, appartenait à un grand Noir, accompagné d'une ravissante femme blanche. S'il s'agissait là d'agents chargés d'espionner, ou de mener une attaque-surprise, ils n'avaient pas choisi la meilleure couverture pour passer inaperçus.

Des perches tirées des eaux du lac Tana, la source du Nil Bleu, garnissaient les assiettes que venait de déposer une jeune serveuse devant les Arabes. Malgré la disposition impeccable des couverts, la présentation soignée des mets et les légumes sculptés en fleurs, al-Idrisi fit semblant de paraître déçu.

— Au Sheraton, dit-il, on nous aurait servi ce plat dans autre chose que de la vaisselle de fellah.

Sans le regarder, il s'adressait à Bastien en arabe, conscient que les employés du restaurant ne comprenaient que l'amharique et l'anglais.

— Il ne faut pas blâmer *ustaez* Tournier, plaida ben Hassan. On lui a donné comme mandat d'empêcher tout ennemi de m'atteindre, et il faut lui concéder qu'il sait prendre toutes les dispositions nécessaires pour mener à bien cette mission.

Al-Idrisi haussa les épaules et commença à manger. La jeune serveuse dans son uniforme trop grand se mit à verser le contenu d'une carafe d'eau dans les verres.

— *All is O.K. to you, Sirs*? demanda-t-elle dans un anglais syncopé.

— *Yes, thank you*, fit ben Hassan en la fixant un peu trop longuement.

L'intérêt du Palestinien n'échappa pas à l'œil d'al-Idrisi.

— Vous savez, dit-il en passant la serviette de table sur ses lèvres, j'ai aperçu de très jolies jeunes femmes au Sheraton. Elles m'ont paru... compréhensives...

— Je suis déjà descendu au Sheraton d'Addis-Abeba, il y a trois ou quatre ans, répliqua ben Hassan. J'en garde un excellent souvenir. (Il lorgna vers Bastien, comme pour s'assurer que celui-ci s'était suffisamment rapproché pour entendre.) Peut-être *ustaez* Tournier permettra-t-il plus tard un relâchement de la rigidité des mesures...

— Vous m'en voyez désolé, *sayyid*, coupa Bastien en prenant une mine contrite. Malheureusement, la situation est trop incertaine pour s'approcher d'un lieu aussi sensible et probablement déjà infiltré par vos ennemis.

L'expression du Soudanais se noircit davantage, tandis que ben Hassan se tournait de nouveau vers la jeune serveuse demeurée près de la table.

— *What is your name*? demanda-t-il.

— Hirut, *Sir*, répondit-elle dans un large sourire.

— Dis-moi, Hirut, après ton quart de travail, accepterais-tu de venir travailler pour moi à ma chambre d'hôtel ?

La jeune fille garda son sourire, ne comprenant visiblement pas la proposition du Palestinien.

— *Ya ustaez* Tournier, fit-il en tendant une main vers Bastien, auriez-vous l'obligeance de traduire pour moi en amharique ?

— Ce serait avec plaisir, *sayyid*, malheureusement, j'ai peur que vous vous mépreniez sur cette demoiselle.

— Vous croyez ? Mais ici, les jeunes serveuses sont...

— Dans les bars seulement, *sayyid*. Et elles ne font pas toutes, disons, des quarts supplémentaires. Permettez-moi, lorsque nous serons de retour à l'hôtel, de repérer pour vous quelqu'un de sûr qui saura... euh... prendre soin de vos désirs adéquatement.

— Dommage, répliqua simplement l'uléma en jetant un dernier sourire à Hirut.

Pendant que la conversation reprenait à mi-voix entre les deux Arabes, Bastien se retira de nouveau de quelques pas pour avoir une meilleure vue d'ensemble du restaurant. Sans paraître le remarquer, il nota du coin de l'œil l'homme au col romain qui déposait la monnaie de son addition dans le carnet et qui se levait de table.

« Un anglican venu faire contrepoids à la mainmise orthodoxe dans ce pays à majorité chrétienne ? se demanda Bastien intérieurement. Un engagé de plus dans les innombrables associations religieuses caritatives qui pullulent en Éthiopie ? Ou bien ?... »

Le prêtre marchait à demi courbé, son veston sombre recouvrant un chandail noir. Il fit trois pas mais, au lieu d'emprunter le passage donnant directement sur la sortie, il bifurqua plutôt pour se rapprocher de la table où conversaient les deux Arabes. Quand il mit la main dans son veston en s'approchant de ben Hassan, Bastien bondit en bousculant la jeune serveuse.

— *IHtaris*! hurla-t-il à l'adresse des Arabes, tandis qu'il saisissait le poignet du prêtre et l'entraînait avec lui dans son élan.

Sous le poids de Bastien, l'homme n'offrit aucune résistance et s'écroula au sol, emporté par la charge. Les deux gardes soudanais s'empressèrent de saisir la chaise d'al-Idrisi et de tirer le ministre derrière eux afin de lui servir de bouclier. Pendant que Hirut reculait en poussant un cri, ben Hassan se leva et se déplaça le long de la table, dont il se servit comme rempart entre lui et les deux hommes au sol. Il y eut un bref moment de bousculade, une chaise déplacée un peu violemment, quelques plaintes étouffées, puis le calme revint. Les deux gardes soudanais, épaule contre épaule, observaient la scène, les yeux exorbités. Tous deux n'avaient tiré leur pistolet qu'à demi, n'ayant pas jugé nécessaire de se rendre davantage menaçants. Deux secondes s'écoulèrent, puis trois, puis cinq... Ben Hassan étira le cou pour tenter d'apercevoir ce que la table lui dissimulait. Les autres clients du restaurant faisaient de même sans oser bouger de leur place.

Ce fut la tête de Bastien qui apparut en premier, tandis qu'il se relevait. Il avait les joues empourprées et sa lèvre inférieure tremblait.

— *I... I am very sorry*, dit-il en se remettant debout.

Il tendit une main devant lui et le prêtre s'en servit comme appui pour se relever à son tour.

— Vous êtes fous, les musulmans ! répliqua-t-il en tâtant ses membres, pour s'assurer qu'aucun os ne manquait. Vous auriez pu me blesser.

— C'est une méprise. Veuillez accepter mes excuses.

Bastien fit semblant de ne pas remarquer les sourires narquois que les trois Soudanais affichaient sans retenue. Ben Hassan s'avança vers le prêtre en ouvrant les bras.

— Un prêtre chrétien ! Qu'Allah nous pardonne ! Monsieur... Mon père... Veuillez excuser la fougue de monsieur Tournier. Il est si nerveux en ce qui concerne notre sécurité !

Le prêtre leva le nez et plissa les lèvres dans une attitude offusquée. Son œil entre les sourcils semblait agité de papillotages, comme s'il jouissait d'une paupière. Il exhiba un petit carton.

— Je vous ai entendu parler, tout au long du dîner, dit-il, et je voulais vous présenter mes hommages. Mon intention était de vous inviter à une soirée de discussion, organisée par ma confrérie. Cette rencontre a pour but de réunir des représentants de différentes confessions, pour échanger dans un climat de paix et de fraternité. Mais je vois que mes confrères ont raison : vous êtes tous fous !

— Mais je vous en prie, mon père, fit l'uléma d'une voix penaude, ce n'est qu'une simple méprise. Nous soupçonnons des ennemis puissants de nous vouloir du tort, et monsieur Tournier...

— Quand on a des ennemis aussi dangereux qui menacent de perturber l'ordre, Monsieur, on ne traîne pas ses pitbulls parmi les gens du monde, on reste chez soi.

Et, dans un claquement de talons, le prêtre fila vers la sortie, le nez toujours relevé, le dos bien cambré, le troisième œil semblant guider sa marche. Dans sa main, il avait conservé le carton d'invitation.

Hôtel Wade Shebelle, Addis-Abeba

Même si Addis-Abeba était, de loin, la plus grande ville d'Éthiopie, peu d'immeubles d'importance se découpaient dans le centre-ville. L'hôtel Wade Shebelle, avec ses dix étages, faisait partie de l'exception. Bastien l'avait choisi en fonction de son anonymat au milieu de la vie turbulente des rues avoisinantes, de sa proximité avec les bars offrant des filles, et pour la facilité d'en surveiller l'entrée principale. Plutôt que de réserver tout un étage, et d'ainsi éveiller les soupçons d'éventuels espions, le Français avait loué deux chambres côte à côte, dont l'une était occupée par l'uléma et l'autre, partagée entre lui et les deux gardes palestiniens.

Ben Hassan était assis dignement dans un épais fauteuil, que l'on avait monté dans la chambre exprès pour lui. Il aurait bien aimé pouvoir s'installer au balcon, pour admirer la vue sur la capitale, mais Bastien avait jugé que le neuvième étage n'était pas suffisamment élevé ; un tireur embusqué dans les ruelles en contrebas pouvait facilement y toucher sa cible.

— Je ne vous comprends pas, *ustaez* Tournier, fit le Lion de Palestine. Vous êtes le premier à affirmer que vous ne croyez pas possible une attaque des Israéliens et, pourtant, vous êtes le plus pointilleux et le plus nerveux en ce qui concerne la sécurité.

Bastien buvait un jus de fruits en observant distraitement les couleurs du crépuscule qui découpaient les collines des hauts plateaux éthiopiens en vagues sombres, comme une mer immobile. Le Français n'osait pas regarder l'uléma dans les yeux, visiblement gêné de sa bourde survenue au dîner.

— Je ne fais jamais rien à moitié, *sayyid*, dit-il en continuant de fixer le couchant. Mes supérieurs soupçonnent une menace et je présume qu'ils ont d'excellentes raisons de le penser. Sans doute détiennent-ils de l'information que ni vous ni moi ne connaissons, et c'est pourquoi, malgré notre scepticisme, nous nous devons de considérer leurs mises en garde avec sérieux.

L'uléma fit claquer sa langue dans une attitude qui pouvait à la fois signifier l'impatience ou l'indulgence. Sa voix gardait un ton neutre et, à l'instar de son expression, exprimait elle aussi des sentiments contradictoires d'autorité et d'abandon.

— Pour mon voyage, j'ai expressément choisi un pays chrétien afin d'avoir toute latitude pour échapper pendant quelques heures à la rigidité de mon rang. Aussi, contrairement à vos recommandations d'hier soir, j'ai demandé à Youssouf de me trouver de la compagnie pour cette nuit. Pendant les trois à quatre heures où j'ai l'intention de profiter des charmes des jeunes filles abyssiniennes, je vous demanderai simplement de couvrir mes arrières, ne serait-ce que pour rassurer vos supérieurs et nous prévenir de toute mauvaise surprise.

— *Ya sayyid*, fit Bastien en osant enfin croiser le regard de l'uléma, quelle que soit la fille que l'on proposera à Youssouf, elle risque d'être un agent infiltré...

— Vous me comprenez mal, *ustaez* Tournier, coupa ben Hassan. On ne proposera pas de filles à Youssouf. Celui-ci choisira lui-même une fille dans un bar non loin. Les risques pour qu'il tombe précisément sur un agent infiltré sont nuls, à tout le moins. Je considérerai vos réticences et votre refus comme des éléments dérivant de votre professionnalisme et je ferai part à vos supérieurs de la qualité de votre garde. Cependant, je le répète, j'ai l'intention de profiter des charmes voilés de la capitale éthiopienne.

Promenade du bord de mer, Tel-Aviv

Mahmoud était assis à l'ombre d'un olivier, sur un banc bordant la promenade. Vêtu d'un manteau un peu trop long, il jurait parmi les Israéliens qui profitaient du bord de mer en tenues légères et en maillots de bain. Habitués à la pudeur des Arabes israéliens, les passants ne lui accordaient qu'un vague regard, leur méfiance relâchée depuis que l'Intifada s'était essoufflée, au cours des dernières semaines, dans les zones frontalières avec la Cisjordanie. Même le policier qui l'avait croisé, au moment de franchir l'entrée du parc, ne semblait pas lui porter d'attention particulière. Mahmoud se dit qu'Allah voulait ainsi lui démontrer qu'il appuyait son action en éliminant tous les obstacles qui auraient pu l'entraver.

Sarah apparut au détour d'une courbe, chaussée d'espadrilles, vêtue d'une camisole et d'un short, ne se distinguant en rien des autres coureurs faisant leur jogging. Elle avait enfoui ses cheveux sous une casquette et portait un petit sac à dos. Elle s'arrêta vaguement à la hauteur de Mahmoud, en sautillant sur place et en laissant passer, sans que cela paraisse, un autre couple de coureurs qui la suivaient. Puis, s'arrêtant comme pour reprendre son souffle, elle jeta un regard sur sa montre.

— Pourriez-vous me donner l'heure ? demanda-t-elle à Mahmoud d'une allure désinvolte. Je crois que ma montre s'est arrêtée.

— Il est exactement 15 h 32, répondit l'adolescent en fixant sa Casio bon marché.

— Merci, fit-elle en s'assurant de lire la même donnée sur les chiffres à son poignet.

Elle jeta deux ou trois œillades autour d'elle, puis risqua à mi-voix :

— Dans 13 minutes, à 15 h 45 pile. (Elle se débarrassa de son sac et le plaça sur le banc près de Mahmoud.) Dirige-toi immédiatement vers le groupe sur ta gauche, près du marchand de crème glacée. Ils sont une dizaine à attendre leur tour. Dès que tu te trouves au milieu de la file, déclenche le détonateur.

— Et toi ?

— J'ai un autre sac dissimulé près de l'entrée, là-bas. À 15 h 45 pile, pas une seconde de plus, je pars vers Allah.

Mahmoud déglutit en n'osant pas regarder le sac près de lui. Sarah faisait semblant de calculer le rythme de son pouls.

— Tu as peur ? demanda-t-il.

— Un peu. Et toi ?

— Un peu, aussi. Mais je sens Allah avec moi depuis ce matin.

— Moi aussi.

Il demeurèrent silencieux quelques secondes, puis Sarah le regarda directement dans les yeux.

— Je t'aime, Mahmoud. Je suis heureuse rien qu'à penser que, dans un peu plus de 10 minutes, je serai avec toi pour toujours.

— *Inch'Allah*, répliqua simplement le garçon en lorgnant le sac contenant la bombe.

— À bientôt, au paradis, fit-elle.

Et elle se remit à courir en direction de l'entrée.

Mahmoud ne la regarda pas. Il prit le sac, s'assura de l'emplacement du détonateur et partit en direction du kiosque à crème glacée.

Sarah avait atteint la sortie du parc. Elle se retourna une seconde pour s'assurer que Mahmoud n'avait pas changé d'avis mais, de l'endroit où elle se trouvait, elle ne pouvait apercevoir le marchand de glaces. En observant le banc vide, elle sut que le garçon n'avait pas renoncé à rencontrer son destin. Elle sortit du parc sans plus se sentir obligée de courir. Elle jeta un œil rapide à sa montre : 15 h 36.

— Plus que neuf minutes, dit-elle en hébreu, en croisant un homme qui faisait semblant d'admirer les navires au large de la côte israélienne. Dieu nous pardonne. Un seul maudit Arabe mourra pour beaucoup des nôtres.

— Mais par après, répliqua l'homme sans se retourner, on nous laissera tuer tranquillement beaucoup plus de ces « maudits Arabes ».

Sarah reprit sa course, pendant que l'homme, un vague sourire accroché au coin des lèvres, délaissait les navires pour marcher à grands pas en s'éloignant du parc.

Hôtel Wade Shebelle, Addis-Abeba

Dans les rues sombres attenantes à l'arrière de l'hôtel Wade Shebelle, Bastien s'était trouvé une encoignure de laquelle il pouvait observer les allées et venues de tout rôdeur s'attardant trop près de l'hôtel. Il distinguait les longs murs de béton de la cuisine, qui longeaient la clôture face à lui, juste sous les balcons. La lumière des fenêtres donnant sur la chambre 902 s'était tamisée depuis un moment et les rideaux avaient été tirés pour décourager tout nervi éventuel. L'accès au balcon n'était possible que par d'invraisemblables acrobaties que, de sa position, Bastien ne manquerait pas de repérer.

À l'avant de l'hôtel, on avait grassement payé le gardien attitré à l'immeuble pour qu'il redouble de vigilance, et Karim arpentait la rue plus animée donnant sur l'entrée principale. Pendant ce temps, Youssouf menait une surveillance étroite des rares clients arpentant les couloirs du neuvième étage.

Bastien se sentit vaguement rassuré en constatant que les venelles arrière étaient à peu près désertes. Peu de promeneurs semblaient oser s'aventurer dans les lacis sans macadam et sans lumière qui rainuraient ce quartier démuni de la ville, pareils à des varices sur la peau d'un centenaire. Les abords sombres des moindres recoins ressemblaient à autant de nids de voyous prêts à vous ouvrir le ventre pour une poignée de *birr*, la monnaie locale.

Une vibration contre sa hanche fit abandonner à Bastien le petit bout de bois qu'il manipulait distraitement. Il ferma le micro épinglé sur son col et tira un téléphone cellulaire de sa ceinture. L'écouteur lui permettant de demeurer en contact avec les Palestiniens étant inséré dans son oreille droite, il tint le téléphone contre le côté gauche de sa tête, une position qui ne lui parut pas naturelle.

— Oui, Jérémie ? chuchota-t-il.

— Tu es devin, maintenant ? fit la voix ironique de son supérieur.

— Difficile de croire qu'un autre que toi puisse m'appeler sur un numéro réservé de la D.G.S.E.

— Ç'aurait pu être un faux numéro.

— Quelqu'un désirant s'entretenir avec Elsa-la-profonde, par exemple ? Qu'est-ce qui se passe ?

— Tu as pris les nouvelles ?

— Bien sûr. Les séries télévisées, les variétés, les petits bonshommes et tout. Déconne pas, Jérémie, tu sais qu'il n'y a à peu près pas de télé en Éthiopie. Qu'est-ce qu'on a dit de si intéressant à la BBC?

— Il y a eu un gros badaboum ! à Tel-Aviv.

— Merde ! Quand ?

Cet après-midi. Un attentat-suicide que les Juifs attribuent, bien sûr, au Hamas. Quatorze morts. À peu près tous des gosses de moins de 20 ans. Tous Israéliens, sauf le jeune Arabe qui s'est fait exploser. Tu vois le tableau ? Des membres et des têtes un peu partout, des rigoles de sang, des soldats et des journalistes qui s'excitent, sans compter le premier ministre israélien qui promet des représailles sanglantes et immédiates.

— Et l'opinion internationale qui s'offusque et devient momentanément très sympathique aux Juifs.

— Qui, bien sûr, vont profiter du momentum pour se débarrasser d'un élément gênant.

— Comme un uléma qui prêche la révolte.

— Tu comprends vite quand tu étudies tes leçons. Et l'opinion internationale serait encore plus insensible au meurtre d'un vieux religieux si celui-ci était surpris en train de forniquer dans un bouge ignoble. Alors, dis-moi, comment ça se passe de ton côté ?

— Le Lion est en train de sauter une pute de seize ou dix-sept ans. S'il doit arriver quelque chose, c'est maintenant.

— La pute ; pas de danger d'infiltration ?

— À peu près nul. Difficile pour le Mossad de deviner où l'on va crécher et d'y placer précipitamment un agent déguisé en vendeuse de charmes.

— C'est une fille de l'hôtel ?

— Non. Un des gardes palestiniens l'a choisi lui-même, dans un bar, non loin.

— Ça réduit les risques, en effet. O.K. Ouvre quand même les yeux car, cette fois, les Israéliens ont leur excuse pour se débarrasser du vieux Lion avec le minimum de remous chez leurs alliés.

— Est-ce que le Hamas a réagi à ?... Hé ! Une minute !

— Qu'est-ce qu'il y a ?

Bastien venait de distinguer une silhouette qui se découpait le long de la clôture face à lui. Il baissa davantage le ton en terminant la conversation.

— Ça bouge ici. Je te rappelle.

— Sois prudent.

Bastien replaça le téléphone à sa hanche, sortit un pistolet glissé dans sa ceinture et rouvrit le micro à son col.

— *IHtaris* ! murmura-t-il à l'oreille des Palestiniens. Il y a un mouvement suspect ici, dans la ruelle. Restez à l'écoute, je vérifie de quoi il retourne.

Il allait émerger de son recoin, lorsqu'il ajouta avec un rictus mi-figue mi-raisin :

— En passant, un Arabe s'est fait sauter à Tel-Aviv, il y a quelques heures. Quatorze gosses déchiquetés. Alors, je ne crois pas qu'un uléma à tendance pédophile ait présentement la cote à la Knesset. On s'assure d'avoir les deux yeux en face des trous, les gars, vu ?

S'écorchant le dos sur le crépi usé du muret de ciment qu'il longeait, Bastien s'avança silencieusement en direction d'une ombre, qu'il distinguait maintenant, retranchée entre la clôture à demi écroulée et le mur des cuisines. Silencieux et invisible, il continua de s'approcher jusqu'à pouvoir identifier un visage de femme, découpé sans nuances dans la lumière jaunâtre d'une fenêtre de l'hôtel. Sa peau noire se fondait avec la pénombre alentour, mais le mouvement frénétique qui agitait ses sclérotiques trahissait la peur qui l'habitait. Des traînées humides sur ses joues brossaient deux rigoles vaguement luminescentes.

— *Yikërta, waizerit. Dena nesh*? demanda Bastien en amharique, son pistolet vaguement dissimulé derrière lui. Pardon, Mademoiselle. Vous allez bien ?

Pour toute réponse, la silhouette sursauta violemment.

— *Amarënya tëchëyallesh*? insista-t-il en jetant de nombreuses œillades autour de lui. Tu parles amharique ?

— *Mën tëfellëgalleh ? Hid !* répliqua la voix étouffée par les sanglots, tandis que la silhouette cherchait à se fondre encore plus dans la pénombre. Qu'est-ce que tu veux ? Fous le camp !

— Ne reste pas ici, dit Bastien. Retourne dans la rue !

Un seul œil restait visible dans le trait de lumière. Malgré la détresse évidente qu'il lisait dans cette pupille unique, Bastien refusait de s'approcher davantage de la fille tant qu'il ne pouvait distinguer ses mains et s'assurer qu'elle ne tenait pas une arme blanche.

— Ne reste pas ici, répéta-t-il en se demandant s'il ne devait pas l'effrayer complètement en exhibant son pistolet.

— *Sëmëh man nö* ? demanda-t-elle tout à coup en prenant un ton intrigué. Quel est ton nom ?

— Ça n'a pas d'importance. Ça peut être dangereux dans cette ruelle pour...

— *Ante*... Bastien *neh*?

Bastien faillit s'étouffer de surprise. La fille fit un pas pour sortir de l'ombre. Ses cheveux étaient en broussaille. Elle portait un gilet moulant très court, qui cachait à peine la base de ses seins, et un jean à taille basse, qui exposait son nombril et son ventre plat.

— *Aznallo*, Bastien, dit-elle. Pardonne-moi. Tu me reconnais ?

Bastien glissa subrepticement son pistolet dans sa ceinture à l'arrière et s'avança à son tour dans la lumière.

— Oh Bella ! s'exclama-t-il. Que fais-tu ici ? Fiche le camp. C'est un vrai gîte pour agresseurs, cette ruelle.

— Je ne peux pas, dit-elle en jetant un regard terrifié vers la grande rue. Il y a ce salaud de proxénète qui cherche à me faire la peau. Je dois attendre qu'il se soit fatigué de me chercher.

— Qu'est-ce qu'il a contre toi, ce pourri ?

— Il s'est mis dans la tête que je ne lui avais pas donné tout le fric que je m'étais fait avec les clients.

— Et pourquoi croit-il ça, le con ?

— Parce que je ne lui ai pas donné tout le fric que je me suis fait avec les clients.

Elle recula vivement d'un pas en croyant avoir aperçu une ombre s'engager dans la ruelle puis, après avoir constaté qu'il n'en était rien, se rapprocha de nouveau de Bastien jusqu'à le toucher. Ses longs doigts de soie noirs caressaient le bras du Français.

— Quelle idée j'ai eu de revenir dans ce trou d'Addis-Abeba ! J'aurais bien dû rester avec toi, dans ton bar, à Djibouti. La paie n'était pas si mal et tu nous traitais bien, toi.

— Écoute, Bella, fit Bastien en la repoussant délicatement vers le mur. Ne reste pas ici. J'ai pris un contrat comme... gardien de sécurité et ici, le secteur est sous surveillance. Alors, essaie de t'éloigner un peu.

— Non, Bastien, j'ai trop peur. Garde-moi près de toi.

— Pas question, ça risque d'être dangereux.

— Mais ?... Qu'est-ce que tu protèges ? Un convoi d'or ? Un riche pacha ?

— Je protège seulement l'hôtel des rôdeurs ce soir. Pour moi, tu es un rôdeur et j'aurais dû te tirer dessus. Allez ! Fous le camp !

— Ah ! merde ! Tu n'es pas drôle, Bastien. Je t'en prie, garde-moi avec toi. De toute façon, je présume que tu es ici pour l'Arabe. Je resterai sage, je ne...

— Que ?... Quoi ?... Quel Arabe ? Pourquoi dis-tu ?...

Elle haussa les épaules.

— Tu dois être avec ce costaud d'Arabe qui est venu au bar, plus tôt, pour se choisir une pute ? Ce n'était pas difficile de voir qu'il faisait les commissions pour quelqu'un d'autre. Un type de ce gabarit, avec un costard de ce prix, et des verres fumés en pleine nuit... Forcément le garde du corps d'un riche Arabe.

— Quel con ! grinça Bastien entre ses dents. J'aurais bien dû abandonner tous ces amateurs à leur sort.

— C'était facile de savoir qu'il choisirait la petite, poursuivit Bella sans tenir compte de l'irritation de Bastien.

— C'est qui, la petite ?

— La fillette de quinze ans que Trois-Yeux a amenée dans l'après-midi.

— Trois-Yeux ?

— Ouais. Un vieux proxénète Blanc minable qui flaire le gros coup et qui fraye avec les caïds du coin. Avec son grain de beauté entre les sourcils, on dirait qu'il a un troisième œil. Toutes les filles du bar, comme moi, qui sont un peu jolies, on nous a foutues à la rue pour ce soir et ils n'ont gardé que les moches. C'est pour ça que je te dis qu'il n'était pas difficile de savoir que l'Arabe choisirait la petite.

Elle émit un petit rire, pendant que le cerveau de Bastien entrait en ébullition.

— Tu sais le plus drôle ? renchérit-elle. La petite est falacha. Tu te rends compte ? Une Falacha pour un Arabe.

Bastien tourna si brusquement les talons que Bella faillit trébucher. En reculant de surprise, elle le vit détaler, tandis qu'il relevait son col de chemise à la hauteur de la bouche et aboyait des ordres en arabe.

Youssouf était debout au centre du couloir, nonchalamment adossé contre le mur entre les portes de deux chambres inoccupées. De sa position, il pouvait à la fois surveiller l'ascenseur, l'escalier et la porte numéro 902 derrière laquelle ben Hassan s'était retiré en compagnie de la jeune fille. Deux autres chambres seulement avaient été louées à cet étage, ce qui réduisait considérablement la circulation dans le couloir. Les seuls mouvements que le garde du corps relevait étaient le passage occasionnel d'un client qui empruntait l'escalier pour descendre à sa chambre au huitième ou au septième étage. En général, ces promeneurs arrivaient du restaurant sis sur la terrasse du dixième étage, d'où l'on avait une vue imprenable de la capitale.

Youssouf sursauta légèrement lorsque les ordres de Bastien firent vibrer l'écouteur dans son oreille. Il parla à son tour en pointant les lèvres vers le col de sa chemise.

— Qu'est-ce qui se passe ?

— La fille, Youssouf ! hurla la voix de Bastien. C'est un agent. Vite !

— Tu es fou ou quoi ? C'est impossible.

— Bordel ! Je te dis qu'elle est à la solde du Mossad. C'est une Falacha !

Youssouf s'ébranla vers la porte 902, davantage à cause du ton de Bastien qu'à cause de ses déclarations.

— Qu'est-ce que tu racontes ? protesta-t-il en faisant deux pas hésitants. C'est quoi une Falacha ? La fille est noire, tu l'as vue comme moi.

— Tu es bouché ou quoi ? Les Falacha sont des Éthiopiens de confession juive qui se disent descendants du roi Salomon et que le gouvernement d'Israël a rapatrié chez lui par milliers, il y a une quinzaine d'années. Bon Dieu, Youssouf ! Magne ton cul et va arrêter cette fille !

— Mais comment, par Allah ? répliqua le Palestinien, visiblement nerveux. Le Lion n'a pas voulu me confier la clé et il a verrouillé derrière lui.

— Eh bien ! défonce, bordel ! Je viens de récupérer Karim. On prend des trucs à la réception et on monte !

Alarmé, Youssouf sonda la poignée, mais celle-ci résista. L'uléma avait bel et bien verrouillé. Il leva le poing pour frapper, puis retint son geste, hésitant.

— Qu'Allah me guide, murmura-t-il pour lui-même. Si j'interromps inutilement le vieux Lion dans un moment comme celui-ci, je suis bon pour le fouet.

Il recula d'un pas en fixant la porte, continuant de murmurer.

— Mais comment cette gosse pourrait-elle le tuer ? Je l'ai fouillée moi-même et il est certain qu'elle ne possédait aucune arme.

Il sortit son pistolet, le remit en place, puis le sortit de nouveau.

— Que ce maudit Français soit damné s'il s'est encore trompé ! lâcha-t-il en revenant résolument vers la porte. Par Allah ! Comment il a fait pour savoir ?... pour cette fille ?...

De la crosse de son arme, il frappa deux coups contre le cadre.

— *Ya sayyid*!

Aucun son ne lui parvint de la chambre. Il frappa deux autres coups plus fort.

— *Ya sayyid*, c'est moi, Youssouf. Comment... Je veux dire : ça va ? *Sayyid*?

Il y eut comme un bruit de ressorts agités, à peine perceptible, puis un murmure pareil à un râle. Souffrance ou jouissance ? Impossible à définir.

— *Ya sayyid*, insista Youssouf, tandis qu'il frappait des coups de crosse de plus en plus violents. Je vous en prie, répondez-moi.

Encore des ressorts qu'on agite, rien de plus. Très inquiet, le Palestinien donna un violent coup d'épaule, mais la porte, lourde et encadrée de métal à la hauteur de la serrure, vibra à peine sous le choc. Il tourna sur lui-même, à la recherche d'un meuble pouvant lui servir de bélier, jusqu'à ce qu'il aperçoive Karim et Bastien qui arrivaient au pas de course, essoufflés d'avoir gravi les neuf étages par l'escalier plutôt que par l'ascenseur trop lent. En plus d'une rallonge électrique que le Français tenait enroulée autour de son épaule, les deux hommes brandissaient leur pistolet.

— Alors ? s'informa Bastien en donnant l'impression de continuer à courir sur place, comme si l'effort qu'il venait de fournir l'obligeait à bouger toujours plus.

— Il ne répond pas.

Sans attendre une seconde de plus, les deux coureurs reprirent l'escalier en direction du dernier étage.

— Un préposé va arriver dans une seconde, hurla Bastien par-dessus son épaule. Il a un passe-partout. Dès que tu auras déverrouillé, tu n'auras plus qu'à faire sauter la chaînette intérieure. Nous, on essaie d'atteindre le balcon par le restaurant.

Arrivés à l'étage supérieur, les deux hommes ralentirent à peine en surgissant au milieu des serveuses. Repérant les larges portes donnant sur la terrasse extérieure, ils s'y précipitèrent. Un ou deux clients furent légèrement bousculés, lorsqu'ils zigzaguèrent entre les tables et les banquettes et qu'ils émergèrent sur la saillie de ciment faisant le tour de l'immeuble. Dominant le toit des cuisines, Bastien situa rapidement l'emplacement des fenêtres de la chambre 902, un étage plus bas. Sous le regard ahuri des deux tablées qui affrontaient la fraîche température vespérale des plateaux, il attacha une extrémité de la rallonge électrique autour de la taille de Karim. Ce dernier lui servant d'arc-boutant, il enroula le reste du prolongateur autour de sa cuisse et s'en fit un harnais. Bien appuyé au garde-corps pour contrebuter le poids de Bastien, Karim hocha la tête.

— *Yallah*! dit-il. Allons-y !

Sous le cri de surprise d'une cliente, Bastien sauta dans le vide. Accroché à la rallonge, il se laissa glisser le long du mur jusqu'à atteindre sans mal le balcon de la chambre en contrebas. Dès qu'il mit les pieds sur le plancher de ciment, il sortit son arme. La porte coulissante était entrouverte et un pan des longs rideaux battait légèrement sous la brise du soir. La lumière de la pièce était trop faible pour distinguer quoi que ce soit à travers la mince ouverture. Pendant quelques secondes, Bastien écouta les sons qui provenaient de l'intérieur, mais ne perçut vaguement qu'un souffle un peu fort. Prenant une longue inspiration, le pistolet pointé devant lui, il bondit dans l'ouverture.

— On ne bouge plus ! hurla-t-il alternativement en arabe et en amharique.

Dès son entrée dans la chambre, il s'était instinctivement déplacé de côté afin que sa silhouette ne se découpe pas dans la lumière. Il se fondit dos à un mur tout en cherchant à voir les mouvements qui se précipitaient à la hauteur du lit. Vaguement, les formes floues d'une jeune fille nue, assise à califourchon sur un corps étendu, se précisèrent à mesure que ses pupilles s'ouvraient.

— Ne bouge pas ! répéta-t-il en amharique, tandis que la prostituée cherchait à se déplacer.

Il y eut un craquement sinistre indiquant que la chaînette qui retenait la porte venait d'éclater. La lumière inonda brusquement la pièce et Bastien cligna des paupières.

— On ne bouge pas ! tonna à son tour en arabe Youssouf.

Bastien distingua aussitôt le visage affolé de la fille, qui serrait entre ses mains la lame ensanglantée d'un mince couteau. Près d'elle, la masse de ben Hassan tressautait légèrement, ses mains agitées de spasmes. La bouche de l'uléma échappait une bave purpurine qui moussait sous l'effet de sa respiration saccadée.

— Qu'Allah me damne ! laissa échapper Youssouf, qui arrivait dans le dos de Bastien. Petite pute ! Petite...

La détonation de son pistolet éclata dans l'oreille de Bastien comme un coup de poing à la tempe. La jeune fille fut violemment projetée contre le mur, tandis que son sein gauche éclatait sous l'impact de la balle. Le sang gicla dans toutes les directions, maculant murs et meubles.

— Oh ! Seigneur ! Non ! fit le Français en se précipitant vers le lit.

Les yeux de ben Hassan se tournèrent vers lui lorsqu'il arriva à sa hauteur. Le vieux Lion ouvrit les lèvres pour parler, mais seul un gargouillis émergea de sa bouche inondée de sang.

— Ne parlez pas, ordonna le Français en décrochant le téléphone sur la table près de lui. J'appelle les secours.

— La petite pute s'est fait un couteau avec son bracelet, fit Youssouf, qui venait de se pencher sur le corps de sa victime. C'est pour ça que je n'ai pas trouvé d'arme sur elle.

— Tu n'étais pas obligé de l'abattre, dit Bastien en composant le numéro de la réception.

Son oreille était encore vrillée par les échos de la détonation. Rien que la modulation du téléphone tirait une douleur de son tympan. La voix de la réceptionniste lui parut trop nonchalante pour la situation dans laquelle il se trouvait. Avec force jurons et obscénités en amharique, il l'enjoignit d'appeler immédiatement un médecin et de faire appliquer les procédures de l'hôtel en cas d'urgence. Puis, revenant vers ben Hassan, il s'empara d'un oreiller et appliqua une compresse sur la blessure à sa poitrine. Il ne pouvait plus qu'attendre l'assistance médicale en espérant que le Palestinien tiendrait d'ici là.

Il leva les yeux un moment sur Youssouf qui continuait de fixer la jeune prostituée d'un œil mauvais, exprimant à la fois l'amertume de la trahison et la colère de la duperie.

— Tu n'étais pas obligé de l'abattre, répéta simplement le Français.

Bar L'Africaine, Djibouti

Bastien était accoudé derrière le bar et observait d'un œil distrait les vidéoclips de l'écran de télévision. La porte d'entrée s'ouvrit et la lumière dessina une silhouette trapue.

— Tu deviens un habitué, dit-il à l'adresse de Jérémie, qui le salua d'un large sourire.

— J'avais affaire dans le coin ; j'ai pensé que tu me ferais la gueule si tu apprenais que j'étais passé sans venir te dire bonjour.

— Dis-le que tu viens pour la bière, fit Bastien en lui tendant la main.

— Tu es barjo ? Donne-moi un bourbon.

Deux verres apparurent bientôt sur le comptoir, servis par une jeune fille noire.

— Je te présente Bella, dit Bastien en désignant la serveuse à Jérémie. C'est grâce à elle si le Lion de Palestine peut espérer sauter une autre fillette dans quelques mois.

— Pas certain que l'uléma soit encore aussi imprudent à l'avenir, fit Jérémie en saluant Bella. En dépit de ses fantasmes tordus, le vieil homme demeure indispensable à la lutte de son peuple. Aussi, merci pour la France et pour la Palestine, Mademoiselle.

Se tournant vers Bastien, il baissa un peu le ton.

— Comment ces foutus agents du Mossad vous ont-ils repérés ?

Le barman fit une moue.

— Ils avaient placé des antennes au Sheraton pour épier les déplacements du ministre soudanais qui, lui, ne voyageait pas incognito. L'une d'elles était un trafiquant déguisé en prêtre qui a écouté notre conversation au restaurant. De là, il a appris que ben Hassan avait loué une chambre au Wade Shebelle et il a placé quelques filles à sa solde dans les principaux bars entourant l'hôtel. Au préalable, il a fait évincer toutes les autres prostituées trop jeunes et trop jolies qui n'étaient pas sous sa gouverne et qui risquaient d'être préférées par notre étalon. Le garde du corps palestinien s'est fait prendre. Il a choisi précisément une petite Falacha à qui on avait dû promettre, suite à son acte patriotique, une vie facile en Israël.

— Belle magouille.

— Je ne suis pas exempt d'erreur. J'ai tenu le brigand entre mes mains lorsqu'il s'est approché de la table pour mieux saisir la conversation des Arabes. Parce qu'il ne se débattait pas sous mon assaut, j'en ai conclu que je m'étais trompé. Il a très bien joué son rôle par la suite.

— La France et la Palestine aussi savent jouer leur rôle. Elles ont largement diffusé et commenté cet échec, et l'attentat « lâche et misérable » du Mossad.

Bastien eut un rire forcé, qu'il émit en gardant les dents serrées.

— Ouais, ronchonna-t-il. Et de leur côté, les Juifs ont noyé les agences de presse de communiqués trahissant le fait que l'attentat a eu lieu pendant que le saint homme se farcissait une gosse de quinze ans. Sans compter que la fillette a été littéralement déchiquetée par une balle palestinienne tirée à bout portant.

— Dommages collatéraux.

Leurs verres tintèrent l'un sur l'autre et les deux hommes, d'une moue ironique, firent cul sec.

— Jérémie, dit Bastien en grimaçant sous le passage de l'alcool dans sa gorge.

— Ouais ?

— Rien à foutre de ton offre, d'ac ?

— Ah bon ? Tu savais que je ne passais pas seulement pour te dire bonjour ?

— Plus rien à foutre des trucs de merde des politiques. Là, c'est vrai, j'en ai soupé. Dans chaque action clandestine qu'on entreprend parce qu'on espère changer le monde, il y a toujours un connard qui cafouille.

— Tu n'as rien à te reprocher.

— Un jour, ce sera moi le connard, et je ne pourrai pas vivre avec la mort d'une enfant sur la conscience. J'en ai trop vu, Jérémie ; je n'en dors plus.

— Cette fois, ça y est vraiment ? Vraiment la retraite ? Tu es sûr que tu ne veux pas que j'écrive deux chiffres sur ta main ?

Bastien fit semblant de s'intéresser à la fille qui se trémoussait sur l'écran de télévision. Il cherchait visiblement une réplique, qu'il ne trouva pas. Il haussa les épaules et se détourna pour faire signe à Bella.

— Allez, je t'offre un autre bourbon, dit-il pour conclure.

Résigné, Jérémie rangea le stylo dans son veston.

— Donne-moi plutôt de cette pisse que tu vends.

Ce chapitre a paru pour la première fois, sous forme de nouvelle, dans la revue Alibis *(numéro 2, février 2002).*

3: L'Africaine – Deux

« Quand on couche avec les chiens,
on se lève avec des puces. »
Proverbe russe

Hôtel Bouctou, Tombouctou, Mali

Pour lui permettre d'aller aux toilettes, les Américains ont délié les mains de Bastien. Toutefois, ils ont entravé ses chevilles de façon si serrée qu'il n'a pu se déplacer seul. Par la suite, ils l'ont rattaché à la chaise par les cuisses et les mollets, et lui ont permis de garder les bras libres pour boire un café. Les hommes se sont dispersés dans la pièce, qui assis près de la porte des toilettes, qui placé contre le mur opposé, de façon à rendre impossible à l'agent français de conduire une attaque-surprise sur ses adversaires. Seul Manley demeure à sa portée, mais son arme a été balancée loin à la tête du lit.

Le gros Américain souffle un peu dans la pièce trop chaude. Le climatiseur continue de faire plus de bruit que d'être vraiment efficace et la fumée des cigarettes de McComber et de Williams ne rend pas l'atmosphère plus respirable. Il doit être autour de vingt heures. À travers la cloison de la porte de la chambre, on entend souvent les pas et parfois les rires des touristes qui se rendent à la salle à dîner. C'est un soir comme tous les soirs à l'hôtel Bouctou.

— Tu as effectué au moins une vingtaine de missions pour la D.G.S.E., dit Manley en disposant des feuilles devant lui.

Ce n'est pas vraiment une question ; Bastien continue de siroter son café en observant une araignée qui répare sa toile entre la commode et le mur. Elle va et vient entre les fils, à un rythme effréné, cherchant les échelons sans colle qu'elle a pris soin de se réserver, tissant inlassablement son piège meurtrier. Comme le traître qui complote, songe Bastien. Comme le putschiste qui prépare son coup, qui natte son piège en prenant soin de se ménager des passages, où il se faufile en attendant sa proie. Ou qu'il pourra utiliser en cas de fuite.

Des images lointaines cherchent à ressurgir de sa mémoire, mais il s'efforce de garder bien fermée la malle du passé.

— Au moins une vingtaine, insiste Manley en avançant les lèvres dans une moue.

Il prend les feuilles une à une, les lit brièvement en diagonale, puis les replace face contre le lit sur une pile à part.

Près de la porte des toilettes, Williams tousse en soufflant une fumée grise. La volute dessine l'ébauche d'une calligraphie arabe qui s'évanouit aussitôt. L'agent se racle la gorge, puis file cracher dans les toilettes. Contre l'angle du mur non loin, le capitaine Doherty se ronge un ongle. À l'autre bout de la pièce, assis sur une chaise de plastique tressé, McComber lit un exemplaire du *Monde*, daté de l'avant-veille.

— Tu as surtout travaillé en Afrique, à ce que je constate ? demande Manley, tandis qu'il se redresse un peu en regardant Bastien.

— Seulement en Afrique.

— Vraiment ?

Manley vient de tirer un document de cinq ou six feuilles, brochées dans le haut, à gauche. Il continue de fixer Bastien en soulevant les sourcils pour toute interrogation.

— Enfin, presque, dit celui-ci.

— Tu as travaillé pour les Rouges ?

— Il y avait longtemps que l'U.R.S.S. avait volé en éclats. Je travaillais pour la France.

— Qu'es-tu allé faire en Tchétchénie ?

— C'est sûrement dans le rapport devant vous. Vous n'avez qu'à lire.

— J'aimerais l'entendre de ta bouche. Il semble que cela ait eu un certain impact sur ta carrière, non ?

— D'autres mandats ont suivi.

— Tu n'as fait que la mission en Éthiopie, après. Celle avec le vieux « pédo ». Il y a eu cinq ans entre les deux. Et depuis deux ans…

Encore l'image de la petite poitrine éclatée. Et puis celle de jeunes hommes, dix-sept, dix-huit ans, le crâne ouvert, démembrés, les chiens qui grugent les cadavres… L'horreur, comme seules les guerres savent la dispenser. La haine, comme seul l'endoctrinement peut léguer. L'incompréhension, le refus d'accepter la tradition de l'autre, sa religion, sa couleur de peau et, parfois même, son nom, seulement.

— « *La victoire a beau grandir, elle ne réussit plus à rattraper les morts.* » C'est de toi, ça ?

Bastien semble continuer à se battre contre la malle qui pousse pour s'ouvrir. Des bribes s'échappent. Ses efforts pour les refouler s'amenuisent et certains fragments parviennent à écorcher sa poitrine de leurs griffes empoisonnées.

— Ah non ! Jules Romains, *Les hommes de bonne volonté*. Tu l'as cité au moment de ton retour, pendant la rencontre avec tes supérieurs. Cela a dû les impressionner, puisqu'ils ont cru bon de la noter.

Qu'est-ce qu'il raconte, cet Américain ? Qu'il a accès aux notes de la D.G.S.E.? Bluff.

— Je ne suis jamais allé en Russie, poursuit Manley. Encore moins en Tchétchénie. C'est comment, là-bas ?

Foutue malle ! Si seulement l'Américain peut se taire, il parviendra peut-être à…

— Il paraît qu'à l'époque, c'était une vraie saloperie, dit Manley, implacable. Pire que maintenant. *Well, I mean*… Maintenant, ce n'est pas un jardin de roses non plus. Groznyï, ça ressemble à quoi ?

Les chiens. Les gosses. L'odeur de la chair qui brûle. Les trous creusés dans la terre détrempée, et qu'on partage avec les cafards et la vermine, les pieds dans ses propres excréments. Le froid. L'oubli.

Bastien voit la chambre se réfugier derrière un rideau humide. S'y noie l'image des Américains dans la couleur sale venue de l'ampoule au sodium et de la fumée des cigarettes. Il cherche à poser son gobelet de café, mais manque la table de chevet. Le tapis se couvre d'éphélides comme la peau qui vieillit.

Manley regarde la main de Bastien, qui tremble au-dessus des cercles irréguliers. Le gobelet a roulé sous la table. L'Américain ne démontre aucune expression ; il fait signe à Doherty et à Williams. Pendant qu'ils retiennent Bastien, McComber s'avance avec une seringue.

4: Natasha… Natasha…

> « L'homme accompli doit avoir passé trois ans au collège, un an à l'université, et deux ans en prison. »
> Proverbe russe

(7 ans plus tôt)

Tchétchénie, république de la Fédération de Russie

Le long de la rivière Terek, en direction de Groznyï, la lueur des puits de pétrole en feu colorait le ciel d'une lumière cuivrée. Des nuages noirs maculaient le ciel au-dessus d'une lande désolée, où des moutons à la laine grise paissaient une herbe polluée. Partout, on ne distinguait que maisons en ruine et animaux livrés à eux-mêmes. Sans plus de berger, sans plus de maître, déboussolés, ceux-ci erraient à la recherche de nourriture et d'eau.

L'automitrailleuse serpentait entre les nids de poules, creusés quelques jours plus tôt par une attaque aux mortiers. Parfois, au détour d'une courbe, des habitants apparaissaient, les yeux hagards, pour s'enfuir dès qu'ils apercevaient les couleurs de l'armée russe. Bastien se figurait parcourir un monde postapocalyptique, une planète autre qui n'avait rien à voir avec l'Europe.

— Pourquoi tous ces puits qui brûlent ? demanda-t-il à Serguei, assis à l'avant, près du chauffeur.

Le colonel tourna vers lui sa bouille ronde de Sibérien. En gonflant, les muscles de son cou prirent plus d'ampleur que sa tête. Dans l'imaginaire de Bastien, il ressemblait à un taureau, avec ce cou comme une encolure, cette peau de cuir épais et ces épaules larges qui avaient dû coûter une fortune au tailleur de son uniforme.

— C'est pour empêcher la mafia tché-tchène de voler le pétrole russe, répondit-il en français, avec un accent plus prononcé qu'une caricature. Comme ça, on les empêche de financer leur guerre contre nous. Vous savez, il nous faut sacrifier…

Il se tut lorsque l'automitrailleuse freina brusquement pour éviter un véhicule incendié qui barrait la route juste à la sortie d'un virage. Des fumées s'échappaient encore de son châssis carbonisé, tandis que des cadavres méconnaissables, petits tas de cendre recroquevillés en silhouettes imprécises, servaient de buffet aux corbeaux et aux chiens errants.

— Va là ! ordonna-t-il en russe au caporal qui tenait le volant.

L'automitrailleuse se rangea entre deux pièces de carrosserie près du fossé.

— Heu ! On ne risque pas les balles d'un *sniper* ici, Serguei ? s'informa Bastien d'une voix incertaine, tandis qu'il balayait les alentours du regard.

— On risque davantage qu'une grenade dégoupillée soit dissimulée sous un corps, mais je ne leur toucherai pas.

Le colonel marcha d'un pas étonnamment souple, vu sa taille, en direction des quatre chiens qui grugeaient ici et là les corps des soldats. Il dégaina son pistolet et tira quatre balles, pas une de plus, pour revenir immédiatement au véhicule, qui s'ébranla sans délai.

Après quelques mètres, Serguei se tourna vers Bastien.

— Je déteste ces bêtes, répondit-il à une question qui n'avait pas été posée.

Les corbeaux revenaient déjà sur les cadavres.

Groznyï ressemblait au Berlin de la fin de la Deuxième Guerre. Chaque immeuble, si petit fut-il, présentait la cicatrice d'une pièce de mortier, la lézarde due aux bombes, des vitres explosées... Au milieu des ruines encore fumantes, on distinguait la silhouette nerveuse des soldats russes qui circulaient entre les blindés décapités, tordus, aux chenilles démembrées, qui témoignaient encore de la violence des combats de rue. De rares habitants apparaissaient parfois, que des femmes ou des enfants, zigzaguant d'un côté de trottoir à l'autre, un sac de denrées entre les mains.

— La capitale vous appartient ? s'informa Bastien.

— Oh ! que non ! répondit le colonel en invitant le Français à le suivre à l'abri d'un mur à demi écroulé. Nous n'avons que vaguement sécurisé ce secteur. Le reste de la ville nous échappe complètement.

Il s'arrêta, puis leva un index qui aurait pu paraître menaçant s'il n'y avait eu ce petit sourire espiègle derrière.

— Ne répétez surtout à personne ce que je viens de dire. Je serais rétrogradé pour avoir démotivé les troupes.

Les deux hommes se faufilèrent entre les gravats et les arbres déracinés. Ils suivaient une dizaine de soldats, qui les entraînaient vers un immeuble vaguement fortifié. De l'angle d'une ruelle jonchée de débris surgit un chien aux poils blonds ; yeux hagards et museau bas, mâtin d'aucune race noble. Il reniflait le sol à la recherche de quelques restes, d'un morceau de chair. Serguei, en l'apercevant, s'arrêta net et tira son pistolet.

— Colonel, qu'allez-vous ?... commença Bastien.

Pour toute réponse, la détonation de l'arme. Le chien eut un sursaut, sembla chercher d'où venait ce coup, alors qu'il n'y avait aucune présence près de lui, puis s'écroula dans la ruelle déserte. Des spasmes sporadiques l'agitèrent encore pendant quelques secondes et il s'immobilisa.

— Enfin, Serguei, reprit Bastien, plus étonné que choqué, pourquoi tirez-vous ?...

Le regard que jeta le Sibérien en se tournant vers lui renvoya au Français une image différente du militaire. Jusque-là, il n'avait perçu dans le colonel qu'un bon gros ours inquiet de ses hommes, de son matériel, de la réputation de son pays. Il découvrait tout à coup en lui la haine, la fièvre de détruire, l'appel du sang. Pour un chien ?

Entre ses lèvres scellées, l'officier siffla plus qu'il ne parla.

— Ces bêtes sont les pires charognards que les hommes aient tolérés, dit-il. Comment peut-on les considérer comme des animaux de compagnie, des amis, alors que depuis des siècles ils profitent de nos largesses, soumis comme le dernier des serfs, léchant nos mains comme le plus vil des courtisans, grignotant nos restes, se repaissant de chair morte, lapant de l'eau souillée ?... Comment peut-on accepter dans son entourage de telles... abjections ?

Ce n'était pas une question, Bastien ne se sentit pas obligé de répondre. Le colonel continuait de le fixer dans les yeux, ses pupilles noires de haine, mais il ne voyait pas celui qu'il regardait. Bastien ne frissonna donc pas.

— Ces parasites qu'on dorlote, dont on admire la soumission, souillent nos demeures, chient dans nos jardins, profitent de nos…

Il s'interrompit, comme réveillé tout à coup par sa propre agressivité. La haine s'évanouit de ses yeux aussi brusquement qu'elle était venue et il posa une main sur l'épaule de Bastien. Une main lourde, chaude, presque trop large pour y tenir.

— Vous savez combien les Américains paient chaque année pour nourrir leurs animaux domestiques ? demanda-t-il d'un ton toujours méprisant, mais plus doux, presque moqueur.

— Je l'ignore totalement, répondit Bastien en détournant les yeux vers la façade d'un immeuble effondré qui tenait debout par miracle.

« Comme une carte à jouer demeurée seule au-dessus d'un château de cartes soufflé », songea-t-il.

— Onze milliards, dit Serguei, du même ton que celui qu'on prend pour abdiquer. Onze milliards de beaux gros billets verts pour nourrir de misérables parasites qui n'occupent aucune place dans la chaîne alimentaire naturelle. Onze milliards foutus, pendant que l'Amérique cherche à masquer les vraies plaies qui la rongent : pauvreté dans ses banlieues noires, malnutrition des enfants, système de santé déficient, capitalisme à outrance, écarts astronomiques entre les riches et les pauvres, violence urbaine…

Sans préavis, à une rapidité foudroyante, Bastien bondit sur Serguei et, d'un coup d'épaule au plexus solaire, le projeta vers l'arrière. Malgré sa carrure, le colonel, surpris, perdit l'équilibre et, bien qu'il cherchât à se retenir au veston de Bastien, tomba dans les déblais. Il ressentit une cuisante douleur à l'omoplate lorsque celle-ci rencontra un caillou à l'arête tranchante. Dans son champ de vision embrumé par la douleur, il vit le sommet du mur près duquel il se tenait exploser en milliers de fragments. Une seconde plus tard, la détonation se faisait entendre.

— Un *sniper*! hurla Bastien au-dessus de lui.

— Un *sniper*! traduisit Serguei à ses hommes, qui se jetèrent au sol. Les ruines à l'ouest ! Réduisez-moi ce fils de pute en bouillie !

Un sergent, tenant son casque enfoncé d'une main et son radio-téléphone de l'autre, aboya des ordres qu'il répéta deux fois. Dix secondes plus tard, un char apparaissait près du mur et orientait sa tourelle vers l'ouest. La décharge provoqua une stridence dans les oreilles de Bastien, qui n'avait pas pensé à se protéger. Quand la façade explosa au loin, il ne l'entendit pas. Les briques s'écroulèrent dans un silence effrayant. Une deuxième détonation suivit, tout aussi silencieuse, et ce qui restait du château de cartes s'abattit entièrement. Les lèvres de Serguei hurlèrent des ordres inaudibles, et tous les hommes se relevèrent en secouant la poussière de leur uniforme. Peu à peu, les sons ambiants réapparurent. Au milieu des soldats qui reprenaient leurs corvées, Bastien distingua de nouveau les voix et le cliquetis des armes.

Bureau de la D.G.S.E., Paris
(12 jours plus tôt)

Derrière son bureau, Jérémie Moulin paraissait plus grand qu'il ne l'était en réalité, sans doute à cause du plafond trop bas dans cette partie de l'immeuble. Par la fenêtre, à travers les reflets bariolés de la vitre mal épongée, se distinguait la pointe inquisitrice de la tour Eiffel. À l'image d'un agent de la D.G.S.E., on aurait dit qu'elle s'insinuait entre les murs des édifices les plus élevés pour épier Paris. Une couleur grise de printemps qui se refuse noyait la capitale.

— J'ai une mission pour toi, dit Jérémie, dont le crâne à demi chauve luisait sous la lumière.

Les mots semblaient encore résonner entre les murs, comme s'ils ne parvenaient pas à s'en échapper, comme habitués à ce que tout ce qui se disait dans les bureaux de l'agence ne puisse exister hors de ses portes. Bastien, enfoncé dans l'un des fauteuils rembourrés des visiteurs, se donnait un air désinvolte en caressant de son pouce la paume de son autre main. Jérémie tira d'un dossier une photo qu'il exposa à la vue de Bastien. Elle montrait le visage un peu poupin d'un garçon d'une vingtaine d'années, glabre, les cheveux blonds peignés soigneusement avec une raie sur le côté.

— Il s'appelle Ignati N. Semonyan.

— Il est russe ?

— À moitié. Le N signifie Napoléon.

— Il a donc une maman française.

— Ministre, de surcroît.

— Ça commence à sentir la politique.

— Évelyne Dupré.

— Je la trouve jolie à la télé quand elle porte son tailleur vert.

Moulin replaça la photo dans le dossier, d'un mouvement un peu brusque, comme on jette un débris à la poubelle.

— Le petit est dans la merde.

— Donc, sa mère aussi.

Moulin eut un geste d'impatience, vite refoulé par sa mimique moqueuse habituelle.

— Pas parce qu'elle est ministre, mais comme toutes les mamans qui déplorent les incartades de leurs fils.

— La mienne a connu ça, répliqua Bastien en plaçant les mains sur chaque appuiebras, pendant qu'il étirait les jambes. Elle va se calmer quand le petit se calmera aussi.

— Oui, c'est possible, dit Jérémie, mais pour le moment, elle est quand même un tantinet inquiète.

— Le petit a fugué ?

— Il est prisonnier des Tchétchènes.

Bastien eut un petit mouvement de tête évocateur.

— Là, tu as raison, il est dans la merde.

— Jusqu'aux narines.

— Et qu'est-ce que le fils d'une ministre française, qui porte un nom russe, fait chez les Tchétchènes ?

— La vraie question est : Qu'est-ce que le fils d'une ministre française fait chez les Russes ?

— Et la vraie réponse ?

— Une ancienne histoire d'amour entre une jeune lycéenne brillante en visite au pays des tsars et un charmant guide local qui étudie l'agronomie. Les deux forniquent, au diable, la capote.

— Quelle poésie !

— L'étudiante est enceinte ; drame chez les bourgeois. Elle accouche, et le père hérite du gosse.

— Qui le garde avec lui chez la Mère Russie.

— Où il deviendra le fils d'un important agronome au service de la patrie. La maman garde contact et revoit son fils à l'occasion.

— C'est quand même important, les liens familiaux.

— Depuis qu'elle a échappé à la tutelle de ses parents, madame la ministre tente bien de ramener le fils dans le giron maternel, mais le petit est plus russe que français, aussi préfère-t-il demeurer avec papa.

— Il a bien raison ; la vodka est de meilleure qualité là-bas.

— Comme tout bon petit *Russkiy*, le gamin fait son service militaire et on l'envoie tambour battant dans le merdier caucasien.

— Où il se fait capturer.

— Disons.

— Et je dois aller l'y libérer.

— Disons.

Bastien observa un moment la mine contrariée de Jérémie et finit par abandonner son attitude cynique.

— O.K., dit-il. Je ne comprends pas tout. Explique-moi ; je t'écoute.

Jérémie hocha la tête tout en triturant le coin du dossier qu'il tenait entre ses mains. Il ne semblait pas vraiment savoir comment aborder son sujet, qui semblait le dépasser lui-même.

— En fait, officiellement, le petit n'est pas prisonnier des Tchétchènes ; il est déserteur.

— Il l'est réellement ?

— Bien sûr que non. Les Russes refusent d'admettre que les Tchétchènes font des prisonniers parmi leurs troupiers. Aussi, puis-qu'il est déserteur, si les moujiks le trouvent, ce sera pour le traîner en cour martiale et non pour le porter en triomphe.

— Situation assez inconséquente, en effet.

— Voilà pourquoi la maman est dans tous ses états.

— Vous préparez quoi ? Un commando d'intervention pour faire le travail à la place des Russes ?

— Quelque chose de moins sanglant – du moins, on l'espère. Les Tchétchènes échangent souvent, de façon discrète, leurs prisonniers avec ceux qui sont détenus par l'ennemi. Parfois, c'est pour de l'argent. Si les prisonniers ont quelque valeur aux yeux des Russes, des officiers par exemple, l'armée va traiter avec les Tchétchènes.

— Et notre sang-mêlé porte un grade ?

— Aucun.

— Ça ne pèse pas lourd alors.

— Sauf que les Tchétchènes ont appris qu'il avait une maman haut placée à l'Élysée. Pour éviter le scandale international, les Russes ont tout de suite accepté le troc.

— Mais il y a un problème quelque part, sinon je ne serais pas ici, dans ton bureau, à attendre que tu m'offres un verre.

Jérémie soupira en désignant du pouce le meuble à sa droite.

— Tu sais où se trouve le bar, sers-toi.

Pendant que Bastien se levait pour se verser un bourbon, Moulin poursuivit.

— Les Tchétchènes ont compris combien la situation est délicate pour leurs envahisseurs, aussi ont-ils fait grimper les enchères. Cent mille billets verts de l'Oncle Gringo.

Bastien se rassit en sifflant avant de porter le verre à ses lèvres. Il demanda :

— Les Russes ont refusé ?

— Non, accepté. Cependant, comme il s'agit d'un marchandage un peu plus corsé que la norme, les *Nokhtchi* ne veulent pas négocier directement avec l'armée. Ils craignent une entourloupe. Alors, ils y ont mêlé notre douce France.

— Embarrassant, ça.

— Surtout si le scandale éclate au grand jour. Les Russes nous pressent donc aussi de les aider pour éviter de perdre davantage la face. Les deux camps ennemis demandent que ce soit un représentant – discret – de la maman qui s'occupe de l'échange.

— Qu'est-ce qu'on ne ferait pas pour une jolie ministre au tailleur vert !

Tchétchénie, république de la Fédération de Russie

— Colonel… Serguei, tu n'y penses pas ?

L'homme qui venait de parler affichait une large balafre qui partait de son sourcil gauche, creusait sa joue et se perdait dans les poils de sa barbe. Il était en bras de chemise, le col ouvert. Derrière lui, une veste d'uniforme alourdie de décorations pendait sur un cintre accroché à un clou qu'on avait planté directement dans le mur. Son bureau était un fouillis et des boîtes débordant de paperasse jonchaient le sol.

— Cet homme a sauvé ma vie, Alexeï. Je ne peux laisser personne d'autre que moi protéger la sienne.

— Trop dangereux.

— J'ai une dette d'honneur envers lui.

— Mais tu es trop précieux pour qu'on t'envoie chez les wahhabites, Serguei ! Imagine les conséquences s'ils comptaient un colonel de l'armée russe parmi leurs prisonniers. Notre nouveau président en aurait bien une attaque.

Incapable de suivre la discussion en russe, Bastien s'était retiré dans un coin du bureau et faisait semblant de s'intéresser aux piles de documents saisis dans les rafles chez les Tchétchènes. Écrits pour la plupart en caractères cyrilliques, il ne pouvait même pas les déchiffrer.

— Écoute, Alexeï, ma photo ne circule quand même pas chez ces fous de Dieu. Personne ne se doutera que l'interprète de l'intermédiaire français est un officier ennemi.

— Intermédiaire français, mon cul ! Tu connais mon opinion sur ce marchandage digne de commerçants de souk. Nos politiciens s'abaissent à négocier avec la vermine tchétchène au lieu de nous donner les renforts nécessaires pour les exterminer une bonne fois pour toutes. Qu'on retourne le Français chez lui en prétextant que les ravisseurs ont changé d'avis.

— Tu sais bien que ce n'est pas possible, Alexeï; sois raisonnable.

— C'est à toi d'être raisonnable. Pas question que tu t'exposes. Je t'ordonne de choisir un autre interprète pour ton intermédiaire.

— Ma décision est prise, tu n'es pas mon supérieur.

— Mon cas pose problème, Serguei ? demanda Bastien, qui voyait bien qu'un différend opposait les deux hommes.

— C'est plutôt le mien, répondit l'officier. Alexeï s'inquiète pour ma sécurité, mais ça va aller. Je vous accompagnerai.

— *Niet*, Serguei ! insista Alexeï.

Puis, se tournant vers Bastien, il baragouina dans un français torturé :

— À moins que vous laisser moi dernière chance.

— La chance de quoi ? s'informa Serguei, également en français.

— *Zachistka*.

— Inutile. Le secteur a été passé au peigne fin.

— Encore une. Ce soir.

— Inutile, je te dis.

— C'est quoi, ce truc ? demanda Bastien. Une zakit… zachit…

— *Zachistka*. C'est une razzia dans les maisons d'un secteur prédéterminé. On part une unité entière, on entre dans les appartements, on fouille, on saccage, on interroge tout le monde. Ça donne une quantité incroyable de renseignements, ça calme les esprits échauffés qui s'imaginaient passer aux actes et ça nous permet toujours de trouver des armes, des explosifs ou des combattants qui se cachent. Parfois même de libérer des otages ou des prisonniers de guerre, ou de faire d'autres prisonniers qu'on peut utiliser pour des échanges. Mais ici, maintenant, c'est inutile. On a déjà trois ou quatre *zachistka* à notre actif, alors ce qu'il y avait à trouver a été trouvé.

— Je pas parler ici, Serguei. Je parler de zone hors contrôle.

Serguei prit le temps d'étudier l'expression sur le visage balafré.

— Une fois seulement, dit-il enfin. Ce soir. La rue près de la petite mosquée. Là où on soupçonne qu'ils ont l'intention d'installer des *snipers.* Je veux des blindés et un bombardement sans merci avant qu'on se pointe sur la place.

— Je d'accord.

— Je peux en être ? demanda Bastien.

— Vous ne voulez pas en être, répondit Serguei, mais vous ne le savez pas encore.

Entre les yeux crevés d'un immeuble à demi effondré, le soleil renvoyait ses derniers rayons, prêt à disparaître sous l'horizon. Des explosions lointaines et des claquements de fusils-mitrailleurs s'entendaient ici et là, venus des rues de la capitale. Plus personne n'y prenait garde. C'était devenu un simple bruit de fond, une musique en sourdine, une radio qu'on avait oublié d'éteindre. Le long des sacs de sable et des murs de briques qui servaient de remparts à la zone russe, les soldats allaient et venaient, à demi courbés, cigarette au bec, nerveux, impatients, les traits tirés, la peur inscrite dans le moindre tic. Des sentinelles agitées protégeaient chaque accès et ne livraient passage aux habitants qu'après une fouille minutieuse de leurs sacs et de leurs vêtements. Aux protestations des femmes et des vieillards apeurés, on répondait par des gestes brusques, intimidants à l'excès, exaspérés.

Bastien observait la scène non loin d'un point de contrôle, de l'intérieur d'une salle au mur extérieur écroulé, où un miracle voulait que l'eau gicle encore des robinets. Il se rafraîchissait la figure, lorsqu'il vit le petit

garçon arriver à bicyclette devant les faction-
naires. Quatre fusils-mitrailleurs pointaient
vers la tête de l'enfant, pendant que le garde
qui devait le laisser entrer l'interrogeait.

— Bande de froussards ! murmura Bastien
pour lui-même en passant une serviette sur
son visage. Ce n'est qu'un gosse, enfin. Qu'on
le laisse…

Sa pensée s'interrompit lorsque la bicyclette se transforma en une boule orange.
Une haleine enflammée souffla les alentours
en projetant gravier et corps démembrés.
Bastien entendit l'explosion au moment où
son dos heurtait violemment le mur derrière
lui. Il s'écroula au sol en ressentant le claquement des briques qui tombaient sur sa cuisse
et sur sa hanche.

Des tirs se mirent à fuser de partout, tandis que Bastien cherchait à se relever de sous
sa couverture de gravats. Des soldats et des
automitrailleuses arrivaient de chaque recoin, soulevant encore plus de poussière,
dans une confusion d'ordres tonnés par des
haut-parleurs et dans les hurlements des victimes qui n'avaient pas fini de mourir. Une
ombre gigantesque apparut au-dessus du
Français.

— *Kak dela*? Ça va ? Pas blessé ?

Encore hébété, il secoua la tête pour toute
réponse. Il accepta la main que Serguei lui
tendait et se remit sur pied. Il faillit retomber

par terre quand les muscles blessés de sa cuisse lui renvoyèrent une violente douleur. Il demeura appuyé au bras de l'officier, le temps de s'assurer qu'aucun os n'était cassé, puis se remit complètement debout. Il boitilla un peu.

— Ça va aller ? s'inquiéta le Russe.

— Oui, oui, ce n'est rien. Des ecchymoses.

— Venez. Ne restons pas ici.

Les deux hommes se faufilèrent entre les fantassins qui arrivaient par grappes pour colmater le passage et empêcher d'éventuelles unités ennemies de pénétrer dans la zone occupée. La peur se lisait sur tous les visages.

— Ne vous en faites pas ! hurla Serguei à l'adresse de Bastien, qui courait sur ses talons. Ils n'attaqueront pas. C'était seulement pour miner le moral des troupes, pas pour s'ouvrir un passage.

— Ils tirent sur leurs propres enfants maintenant ?

Les deux hommes s'adossèrent à un mur de briques pour reprendre leur souffle. Serguei en profita pour sortir une cigarette de son paquet.

— La bicyclette était piégée, dit-il en glissant un filtre entre ses lèvres. La décharge, télécommandée.

— Ce gosse n'avait même pas dix ans, cracha Bastien en jetant un œil par-dessus le mur, pour tenter d'apercevoir, au milieu des ruines distantes, la silhouette d'éventuels combattants tchétchènes.

— C'était peut-être le fils d'une famille russe, répliqua le colonel en haussant les épaules et en portant la flamme timide d'un briquet à la hauteur de son visage. Ou l'enfant d'un wahhabite, qui s'imagine maintenant son fils clopinant aux basques d'Allah dans un hypothétique jardin où les grenouilles niquent avec les mouches.

— Ils sont malades.

— Qui a dit que les guerres étaient saines ?

Ils restèrent un long moment silencieux, jusqu'à ce que Serguei donne une tape lourde sur l'épaule du Français.

— Vous venez ? On a une *zachistka* à préparer.

Ils reprirent la direction du quartier des officiers, croisant des soldats qui saluaient Serguei au passage. Leurs mouvements étaient nerveux, leurs yeux hantés par des interrogations muettes. « Ils vont attaquer, mon colonel ? » « On va tous mourir, mon colonel ? » « Ça fait mal, mon colonel, une balle de 7,62 qui vous traverse le ventre ? »

Au sommet d'un escalier improvisé fait de briques effondrées, un jeune conscrit était accroupi sur ses talons, le dos contre un muret. Il tenait sa carabine entre les cuisses, le visage appuyé contre le tube du canon. Les yeux levés au ciel, il psalmodiait à mi-voix en tremblant de tous ses membres.

— Sainte Mère ! Sainte Mère ! Sainte Mère !

— Qu'est-ce qu'il y a, soldat ?

— Mon… Mon colonel, balbutia le garçon en apercevant Serguei. Là… Là-bas. De l'autre côté de la rue. Un *sniper*, mon colonel.

— Mais tu en es un, toi aussi, répliqua l'officier en notant le télescope de haute précision. Qu'est-ce qui t'effraie ainsi ?

— C'est que je n'ai jamais… jamais tiré… sur…

— Bon, tu as une cible mobile qui se cache dans un immeuble au lieu d'une cible mobile qui se déplace entre les stands d'exercice, c'est ça ?

— C'est un homme armé, mon colonel. C'est…

Serguei usa encore de sa lourde mais chaleureuse claque sur l'épaule.

— Bien. Montre-moi où il se trouve.

— Sainte Mère !

Le jeune soldat déplia lentement les genoux, renfonça son casque plus profondément sur son crâne, tandis qu'il cherchait à jeter un regard par-dessus le muret sans avoir à exposer sa tête.

— Là-bas, mon colonel, l'immeuble qui a encore des vitres intactes au quatrième étage. Il y a des fenêtres à gauche, voyez. Celles à la hauteur du balcon. C'est là que je l'ai aperçu.

Deux fois. Il a un long canon à son arme. Il peut viser une mouche à Moscou avec ça, mon colonel.

Serguei tira sur l'uniforme du garçon pour le ramener à l'abri du muret. Bastien les observait.

— *Sniper*? demanda-t-il simplement.

— Et ce brave garçon va nous en débarrasser.

Serguei rapprocha son visage du soldat pour le regarder directement dans les yeux. Il y lisait la peur, la peur terrifiante d'être tué, et celle plus effrayante encore de tuer.

— Ce que ce *sniper* sait faire, commença Serguei en usant de sa voix la plus basse, la plus persuasive, tu sais le faire aussi. Et beaucoup mieux. Ce qu'il a appris dans les bazars et les camps d'entraînement miteux des islamistes, tu l'as assimilé au sein de la puissante armée russe. Tu es mieux formé, plus aguerri, plus fort. Va. Place-toi ici, appuie ton arme dans cette anfractuosité et surveille sa prochaine apparition. Il ne pourra pas t'apercevoir de cette distance, à moins de regarder précisément cet endroit par hasard. Colle ton arme à ton épaule et, comme on te l'a enseigné, ne fais qu'un avec elle. Attends le moment de la laisser s'exprimer. Attends ta seconde de vérité. Sois calme et patient. Tu sais qu'il est là ; lui, il ignore que tu sais. Il pointera de nouveau sa tête et, à ce moment-là, tu seras prêt. D'accord ?

— Ou… Oui, mon colonel.

Le soldat se releva de nouveau et, comme le lui avait suggéré l'officier, se positionna derrière l'orifice dans le muret.

— De plus, tu as la lumière du couchant derrière toi, poursuivit Serguei. Il distingue ta position à contre-jour, ce qui te rend pratiquement invisible.

Deux sous-officiers arrivaient à cet instant, et Serguei les arrêta d'un simple signe de sa paume relevée. Puis, avec de rapides mouvements de la main, il les invita à rebrousser chemin et à passer par un autre accès. Les hommes s'exécutèrent, non sans jeter un regard étonné au soldat tremblant qui visait la ville.

— Je le vois, colonel ! Ça y est, je le…

— Eh bien ?

— Il est disparu de nouveau.

— Pourquoi tu n'as pas tiré ?

— Je… je n'ai pas eu le temps, mon…

— Tu as eu plus que le temps nécessaire. Au lieu de parler, tu devais laisser parler ton arme. Maintenant, tais-toi et sois patient. Dès qu'il pointe la tête, tu tires, comprends-tu ? Je ne veux plus t'entendre, je veux entendre la détonation de ton arme.

Serguei croisa le regard de Bastien en levant les yeux dans une mimique exaspérée.

— Le baptême du feu, dit-il en français d'une voix étouffée. J'ai connu ça aussi. Et vous ?

— C'était il y a longtemps, maintenant, répondit Bastien dans un souffle tout aussi murmurant. Une autre vie, me semble-t-il.

Serguei tira une longue bouffée sur sa cigarette en regardant le jour mourir à l'horizon. Le ciel était rouge. Comme la Tchétchénie.

— Un jour, cette guerre finira et on se demandera pourquoi on l'a livrée.

— Vous le savez, vous, Serg ?…

La détonation de l'arme du soldat éclata au-dessus de leur tête. Les deux hommes levèrent instinctivement le regard.

— Ça y est, mon colonel ! Ça y est ! Je… Je l'ai touché.

— Il est mort ? demanda Serguei en se relevant.

— Oui, mon colonel, je crois. Il…

Le soldat restait figé, son œil toujours rivé au télescope de sa carabine.

— Eh bien ! soldat ? On peut relever la tête, oui ou non ?

— Sainte Mère ! Sainte Mère ! Sainte Mère !

Blanc comme un drapeau de reddition, le garçon se laissa choir sur le sol, abandonnant son arme coincée dans l'orifice. Il regardait le crépuscule, les yeux clairs, presque transparents. Serguei saisit l'arme et pointa le télescope vers la fenêtre suspecte. Il jura en russe, jeta sa cigarette dans un geste rageur et partit en abandonnant Bastien et le soldat derrière lui. Le Français approcha à son tour l'œil du télescope. Dans le viseur, séparé en quatre parts par une croix à degrés, une fillette gisait au sol, la tête explosée, le manche de son balai appuyé sur sa poitrine.

Bastien avait revêtu l'équipement de protection de l'armée russe : casque, lunettes de visée nocturne, gilet pare-balles... Il ne portait pas de mitraillette, mais on lui avait fourni un pistolet. Même si la cible était, en principe, des civils désarmés et qu'il n'avait pas l'intention de participer aux combats, il aurait été malheureux de se retrouver devant le canon d'un fusil avec, pour toute défense, ses deux mains suppliantes.

L'écho des bombes que balançaient les hélicoptères depuis une demi-heure s'atténuait peu à peu. Retranché dans une jeep à l'arrière d'une unité d'intervention, le Français attendait le début de l'assaut. Serguei avait choisi d'utiliser huit cellules de six hommes, qui fonceraient de façon simultanée dans huit habitations voisines. Chaque extrémité de la rue était bloquée par la présence de blindés. Les hélicoptères avaient repoussé les éventuels tireurs embusqués et forcé les gens à se terrer chez eux. Dans un bruit assourdissant, ils continuaient de sillonner le ciel alentour, leurs spots jetant une lumière vive, éclairant les maisons comme en plein jour. Les crépitements discontinus d'une mitrailleuse lourde, non loin de la mosquée, indiquaient qu'on finissait de sécuriser le secteur du haut des airs. Bastien voyait dans le minaret qui pointait vers le ciel un monumental doigt d'honneur à l'adresse des envahisseurs.

Serguei, debout à l'arrière d'une automitrailleuse, ressemblait à un centurion romain sur son char. Silencieux et digne, il observait les hélicoptères aller et venir pendant qu'on préparait le terrain pour le raid. Bastien, dans le véhicule voisin, se leva à son tour pour se tenir à l'arceau de sécurité et demanda, plus pour tuer l'attente que par véritable intérêt :

— Comment il s'est fait prendre par l'ennemi, le fils de la ministre ? Une embuscade ? Une *zachistka*?

Serguei le regarda une seconde en se demandant s'il devait dire la vérité ou mentir, puis retint un petit rire de dépit.

— *Dedovshina*, répondit-il. Une vieille tradition militaire russe. Vous connaissez ?

— Pas du tout.

— Vous croyez que ce sont les officiers qui mènent dans cette armée ?

Bastien lui jeta un regard étonné, comme pour demander s'il s'agissait là d'une vraie question.

— Eh bien ! non, poursuivit Serguei sans attendre de réponse. Ce sont les vétérans. De petits caporaux ou des sergents minables qui usent d'intimidation et de menaces pour mettre les recrues sous leurs bottes. Ils s'en servent comme vassaux, les humilient, les battent, allant même jusqu'à les tuer s'ils résistent. Comme les vétérans sont plus craints que les officiers, ils sont davantage obéis. C'est une tradition séculaire. C'est ça, la *dedovshina*.

— Et le jeune Semonyan dans tout ça ?

— Victime de la tradition. Il arrive qu'on vende les recrues aux Tchétchènes, pour de la vodka, des cigarettes, parfois pour du fric. Les *Nokhtchi* achètent afin de se pourvoir d'une banque de prisonniers à échanger contre ceux que nous détenons. C'est un simple commerce. Ce n'est pas parce qu'on défend sa patrie qu'on doit oublier son profit personnel.

Bastien nota que Serguei avait formulé sa dernière phrase en serrant les dents. Son cou énorme se gonfla encore plus, tandis que ses joues s'empourpraient et que ses narines se dilataient. Sans plus prononcer un mot, le regard fixé sur les hélicoptères qu'il ne voyait plus, il finissait de trahir sa haine avouée pour les soldats sans scrupules.

— Secteur nettoyé, mon colonel ! dit tout à coup un caporal qui venait de se tourner vers lui en maintenant un écouteur contre son oreille. On y va ?

— *Bespredel*! lança Serguei, le regard encore enflammé.

L'entrée dans la première maison se répéta dans les suivantes : une porte qui volait en morceaux, des ordres, des cris, des vitres qui éclataient, d'autres portes qu'on fracassait, des femmes apeurées, des enfants paniqués, des hommes rudoyés. En groupes de deux, les soldats russes inspectaient les pièces une à une, à la suite de leur arme pointée dans chaque recoin. Si un Tchétchène venait à ne pas obtempérer assez rapidement à un ordre lancé dans une langue qu'il ne comprenait pas, un coup de crosse dans l'abdomen ou sur le côté de la tête lui enseignait assez rapidement les rudiments de base du dialecte en question. Si une femme avait la fâcheuse idée de vouloir s'interposer dans le déroulement des opérations, un coup de poing au visage limitait de façon convaincante ses expressions contrariées. Si elle insistait malgré tout, un plomb de 7,62 mm savait interrompre son intervention. Les enfants n'étaient pas en reste avec les coups de botte dans la poitrine et les revers de main à la tête.

Pour Bastien, cela ressemblait aux opérations de commandos enseignées dans les services occidentaux, sauf pour ce qui était de la brutalité exercée contre les civils. Il rageait intérieurement de voir des enfants subir la rudesse des soldats, mais comme il avait lui-même insisté pour assister au raid, il se garda de faire part de son irritation. Dans la pièce principale d'une habitation où quatre bambins s'étaient recroquevillés pour échapper à la fureur kaki autour d'eux, un chien minuscule, à peine plus gros qu'un rat, jappait à s'en fendre les bronches. L'un des garçonnets, mariant son désarroi à celui du chiot, versait des larmes à torrents, en hurlant de désespoir. Un soldat excédé voulut frapper l'animal d'un coup de botte, mais ne fut pas assez rapide. Le chien, après avoir esquivé l'attaque, se crut dans son droit d'exiger davantage des envahisseurs en redoublant de jappements.

Serguei apparut dans l'embrasure de la porte.

Sans se soucier des crocs minuscules qui cherchaient à percer le cuir épais de sa main, le colonel saisit la bestiole et la jeta sans ménagement derrière le panneau d'une huche. Les jappements devinrent moins perçants, étouffés en partie par la cloison. Serguei dégagea une grenade qui pendait sur sa poitrine, la dégoupilla et la balança dans la boîte avec l'animal. Sans jeter un regard à qui que ce soit, sans le moindre mot, il sortit. Bastien et les deux soldats n'eurent que le temps de lui emboîter le pas avant que la pièce ne vole en éclats derrière eux. Les pleurs de l'enfant cessèrent sur-le-champ. Plus tard, au sujet de cet incident, Serguei dirait : « De vrais musulmans n'auraient pas toléré de chiens dans leur maison. Pour eux, c'est un animal impur ».

Après plus d'une heure d'opération, aucun otage n'avait été repéré dans les maisons soupçonnées par le colonel Alexeï d'en abriter. C'est donc avec soulagement qu'on découvrit une cache d'armes de moyenne importance, laquelle justifiait du même coup les pertes encourues au cours de la razzia. Serguei, à grandes enjambées, se rendit sur le site de la découverte à la suite d'un major qui l'entraînait. Deux hommes avaient été liés sur une chaise. L'un d'eux avait une large blessure ensanglantée sur le côté de sa tête, mais personne ne se souciait de la panser. Le colonel se pencha d'instinct sur le prisonnier qui paraissait le moins abîmé.

— *Vy govorite po-russkiy ?* demanda-t-il. Tu parles russe ?

Sans attendre de réponse, il se tourna vers les hommes derrière lui, qui ouvraient des caisses de munitions et de grenades.

— Trouvez-moi un interprète ! tonna-t-il.

— Je parle tchétchène, mon colonel, fit un militaire à son côté.

— Demande-lui qui est le chef et où il se trouve. Est-ce que c'est lui ?

Le prisonnier garda la tête basse, sans donner l'impression qu'il avait entendu la traduction du soldat. Serguei le frappa violemment du revers de sa grosse main lourde. Sous le choc, la tête du Tchétchène pivota de presque cent quatre-vingts degrés. L'homme toussa en tentant de retenir d'un mouvement des lèvres un filet de sang qui coula sur son menton. Il leva les yeux vers Serguei, mais ne parla pas davantage.

— Donne-moi le téléphone, dit le colonel au militaire en désignant le vieil appareil à cadran posé sur la table.

Bastien s'approcha, tandis que Serguei prenait le téléphone dans ses mains.

— Si vous le frappez avec ça, dit-il, c'est certain qu'il ne vous parlera plus.

— Qui te parle de frapper ?

Serguei regarda Bastien avec une lueur nouvelle dans les yeux ; la lueur infinie qui remontait aux temps anciens, à Caïn et Abel, quand les hommes avaient appris que si frapper et tuer ne garantissaient pas le succès et le pouvoir, ils donnaient au moins l'illusion du succès et du pouvoir. Serguei retourna l'appareil et en fit sauter la base à l'aide de son poignard. Il découvrit la gaine de plastique des fils rouges et verts, et les rabouta à plusieurs nouvelles longueurs. En saisissant les desseins de son tourmenteur, le Tchétchène se mit à s'agiter sur sa chaise, donnant de violents coups avec le torse, cherchant à libérer ses bras. Un poing démesuré le calma. Pendant qu'un militaire tenait la bouche du prisonnier ouverte à l'aide d'un morceau de bois, Serguei attachait l'extrémité dénudée de chaque câble à une dent, puis au nez et aux oreilles.

— Bien, dit-il, pendant qu'une dizaine de soldats s'attroupaient pour assister au spectacle. On va s'assurer maintenant que tu ne caches rien qu'il nous serait agréable de connaître. (Il s'adressa à l'interprète.) Demande-lui si des otages sont retenus dans le quartier.

Pour toute réponse, le Tchétchène respira bruyamment en fixant de ses yeux paniqués le téléphone.

— Premier appel, dit Serguei, qui ne semblait pas s'amuser.

Il composa le un au cadran. Quand la roulette revint à sa position initiale, le prisonnier poussa un hurlement, mais ne répondit pas à la question.

— Appelons le douze, poursuivit l'officier en composant le nombre.

À chaque retour de la roulette, le prisonnier se cambrait, une sueur fine se formant sur son front. Il avait choisi de résister.

— Alors, ce sera le cinq et ensuite le zéro, dit Serguei, dont les paroles étaient traduites à mesure par l'interprète. Et ce sera ainsi, jusqu'à ce que tu te décides à coopérer.

Incapable d'entendre davantage les cris du Tchétchène, Bastien sortit de la pièce en se frayant un chemin au milieu des soldats qui se régalaient du spectacle. Dans la salle voisine, trois femmes et cinq enfants étaient tenus en joue par des militaires d'à peine dix-sept ou dix-huit ans. À chaque hurlement qui leur parvenait d'à côté, les garçons se regardaient en partageant leur trouble muet. Les femmes redoublaient de pleurs, mais aucune n'osait défier les gueules des AK-47 tournées vers elles. Cinq minutes passèrent, puis dix, puis quinze… Les hurlements s'espaçaient, mais se poursuivaient. Les militaires devenaient nerveux. Il n'était pas bon de demeurer aussi longtemps dans un secteur sécurisé de façon temporaire.

Un ordre fut lancé par Serguei, et Bastien vit apparaître le major, qui s'approcha des femmes. Celui-ci arracha les voiles pour repérer la plus jeune et choisit une adolescente aux grands yeux paniqués. Il la tira avec lui par le bras, tandis que la fille se débattait vainement pour échapper à sa poigne. Bastien les suivit pour revenir dans la pièce des prisonniers. Le premier était mort sur sa chaise, sa blessure ayant cessé de couler. Le second, couvert de sang, agité de spasmes, la poitrine se gonflant et se dégonflant au rythme d'une respiration saccadée, gardait les yeux au plafond, la pièce de bois toujours fichée dans la bouche. Bastien remarqua que deux ou trois dents avaient éclaté sous les impulsions électriques du cadran.

— Très bien, dit Serguei en accueillant l'adolescente dans la pièce. Voilà sans doute ta fille, pas vrai ?

Il saisit le petit visage qui ressemblait à un fruit entre ses doigts énormes. Il la fixa un moment.

— Oui, elle est bien à toi, dit Serguei à mesure que traduisait l'interprète. Elle a cette même bêtise dans le regard, qui fait de vous des adorateurs d'une divinité trop imbue d'elle-même pour vous venir en aide.

Il se pencha de nouveau vers le prisonnier.

— Qu'est-ce qui importe le plus pour toi, hein ? Défendre ta république de minables ou l'honneur de ta fille ? Combien il vaut, l'honneur de ta fille, dis-moi ?

Le colonel se tourna vers les militaires.

— Il y a un volontaire pour éclater le bouton d'une petite fleur musulmane ?

Une légère bousculade suivit l'appel, lorsque trois troupiers se portèrent en même temps vers l'adolescente. Le plus haut gradé, un sergent, arracha la robe noire pour dénuder un corps blanc aux courbes pures. Serguei saisit le Tchétchène aux cheveux pour l'obliger à tourner la tête vers la scène.

— Regarde bien, dit-il. Regarde bien l'honneur de ta fille s'évanouir devant toi. J'espère que tu sauras agir ensuite comme tout bon musulman et que tu lui donneras toi-même la mort. J'espère que tu laveras aux yeux d'Allah la souillure de cette petite traînée.

Bastien n'attendit pas que les cris de l'adolescente cessent pour sortir de l'habitation et respirer un air où l'odeur du sang prenait moins à la tête.

— Cette guerre, putain ! je la déteste ! dit Serguei, avec son accent qui faisait sonner faux le juron.

Il était vêtu en civil, une cigarette coincée au coin des lèvres, les coudes appuyés sur le toit de la voiture, le regard sur les ruines de Groznyï. Un nuage de corbeaux au loin, autour du doigt d'honneur musulman, indiquait que des cadavres gisaient encore au milieu des gravats.

— Elle vous déballe ce qu'il y a de plus mauvais en vous, poursuivit le colonel ; elle le fait surgir à la manière de Pandore sans que vous vous soyez douté de son existence. Vous devenez quelqu'un que vous ne connaissiez pas… et qui vous effraie.

Bastien, les fesses appuyées contre l'aile de la voiture, ne jugea pas opportun de répliquer. Il savait que Serguei soliloquait plus qu'il ne conversait. Il préféra le laisser lutter seul avec ses démons.

— Il a parlé, conclut-il en tournant le regard vers le Français. Après deux heures de torture, après qu'on ait massacré sa fille devant ses yeux, il a fini par tout avouer.

— Après deux heures du traitement que vous lui avez fait subir, j'aurais déballé n'importe quoi, moi aussi.

— Il a fait des aveux complets : rapts, contrebande d'armes, actes de sabotage…

— Vous voilà bien avancés.

— Après, on l'a relâché.

Cette fois, c'est Bastien qui releva la tête pour regarder Serguei.

— Je ne comprends pas, dit-il.

— Ses amis savent qu'il les a balancés ; il devient un paria. Soit ils font le travail à notre place et le liquident, soit il choisit de devenir *stukach* pour se faire protéger.

— *Stukach*?

— Informateur. Ah ! Voilà notre chauffeur.

En compagnie du colonel Alexeï, un homme petit et d'allure anodine traversait l'allée de cailloux.

— Bonjour, Alexeï, salua Serguei en français. Bien dormi ?

— Trois mois que je pas encore dormi, répondit-il dans la même langue. Et vous ? demanda-t-il à l'adresse de Bastien.

— Je ne dors jamais en mission.

— Eh bien ! souhaitons que l'ennemi ne soit pas en meilleure forme que nous, plaisanta Serguei.

Puis, en russe, au petit homme qui accompagnait le colonel :

— Caporal, vous connaissez le lieu du rendez-vous ?

— Oui, mon colonel.

— À partir de maintenant, je ne suis plus colonel et vous n'êtes plus caporal, d'accord ?

— Oui, mon co… Oui, Monsieur.

— Et vous êtes muet.

Il tendit la main à Alexeï, qui l'accepta.

— À bientôt.

— Vous avez l'argent ?

— Dans le coffre.

Sans plus un mot, les trois hommes s'engouffrèrent dans la petite Lada, qui s'ébranla en direction de la zone non occupée. Ils franchirent le dernier point de contrôle tenu par l'armée, puis s'engagèrent dans les rues désertes de Groznyï. Des carcasses de chars, coincées dans des ruelles trop étroites, finissaient d'être démembrées par des enfants qui jouaient à la guerre. Des casques et des bottes de l'uniforme russe parsemaient encore les trottoirs ici et là. Parfois, des corps calcinés émergeaient de la ferraille tordue, témoins à jamais muets d'un combat sans merci.

Bastien nota que les tempes de Serguei battaient lourdement, tandis que l'officier serrait les mâchoires. Les lèvres scellées, un tic faisant papilloter son œil gauche, il refoulait sa frustration à la vue des pertes de l'armée russe.

— On dirait que ça a drôlement chauffé ici, dit Bastien dans le but de laisser Serguei s'exprimer et vider son fiel.

— Ces pourris de bureaucrates au-dessus de nous ont envoyé les gosses en enfer, dit-il.

— Les gosses ? Quels gosses ?

— L'équipe des blindés. On n'avait que des gamins de moins de vingt ans, mal entraînés, pas prêts une seconde à affronter le bourbier des rues. Les généraux n'ont rien voulu entendre. Ils voulaient prendre la capitale au plus vite et donner une leçon aux Tchétchènes. Ils voulaient démontrer la puissance de nos forces. La belle affaire ! Regardez-moi ce bordel. On n'était pas prêts. On n'avait aucune carte de la ville, les rues étaient trop étroites pour les chars. Les séparatistes s'en sont donné à cœur joie.

La voiture déboucha sur un terrain plat vidé de ses habitants, où attendait un camion à six roues surmonté d'une bâche. Quatre hommes à la barbe noire, coiffés d'un turban ou d'un casque de mouton, attendaient debout près du véhicule.

— Des wahhabites, souffla Serguei. La plupart sont des anciens qui ont fait l'Afghanistan. Une bande de fanatiques venus du pays des Saoud qui espèrent faire de la Tchétchénie un État islamique une fois la guerre finie. (Il leva un index pour exprimer la condition :) Et gagnée.

— Là.

Bastien désignait un gros chien, au poil noir et luisant comme le charbon sous la pluie. Un wahhabite le tenait en laisse, une kalachnikov en bandoulière.

— Il est énorme. Vous saurez résister à l'envie de sauter dessus ?

Les narines de Serguei se dilatèrent, comme chaque fois qu'il cherchait à contrôler l'agressivité en lui. Il répliqua en cherchant à se donner un ton désinvolte, mais n'y parvint pas tout à fait.

— C'est un grand danois, dit-il. J'en ai déjà tué un qui pesait dans les cent kilos. D'un seul coup de poing.

— À constater la largeur de vos patoches, ça ne m'étonne pas.

— Je m'en régale encore, fit Serguei en regardant approcher l'animal au bout de sa laisse. Je me ferais bien le plaisir de…

— Restez calme, Serguei, suggéra Bastien, non sans dissimuler une certaine inquiétude dans sa voix.

— Ne vous en faites pas, répliqua l'officier, tandis qu'on ouvrait sa portière, je ne suis pas complètement con.

Bastien et Serguei s'extirpèrent du véhicule et s'avancèrent vers le camion. Le plus petit des hommes, et le plus âgé aussi, les accueillit avec un sourire édenté.

— *Zdravstvuyte*, salua-t-il en russe, un peu maladroitement. Vy govorite po-russkiy ?

— Avec votre permission, répliqua Serguei, je servirai d'interprète. Le représentant français ne parle pas russe.

Le wahhabite jeta sur Serguei un regard perçant comme celui du renard.

L'homme se tourna vers ses acolytes et ils échangèrent quelques mots en arabe. Bastien, qui comprenait cette langue, choisit de n'en rien dire, histoire de surprendre une éventuelle menace. L'accent des wahhabites lui parut étrange, mêlé souvent à des expressions issues, conclut-il, du *pachto* ou du *tadjik*. Malgré les passages qui lui échappaient, il comprenait facilement que Serguei intriguait les rebelles. Le Russe aussi s'en rendait compte par les regards qu'on lui jetait à la dérobée. Il fit semblant de ne pas s'en formaliser tout en guettant du coin de l'œil le grand danois, qui humait les étrangers en dévoilant les crocs. Le wahhabite s'adressa de nouveau à Serguei après un sourire d'excuse à Bastien.

— Ils sont plutôt costauds, les interprètes à Moscou, dit-il. Vous ne seriez pas militaire ?

— Je ne le nie pas, Monsieur. Je suis sergent dans l'armée régulière.

— Vous avez combattu les séparatistes, sergent ?

— Pas encore, Monsieur, mais comme soldat je le ferai si on me l'ordonne.

— Nous pourrions vous garder comme otage à votre tour.

— Je crois que vous devez déjà posséder tous les otages qu'il vous faut, Monsieur. Surtout des otages aussi conventionnels qu'un sergent.

Au son de la voix de Serguei, le danois grogna un peu plus fort en tirant sur sa laisse. Le wahhabite qui le retenait dut imprimer un petit mouvement sec à la corde pour faire rasseoir la bête à ses pieds.

— Paix ! dit-il en tchétchène ; un mot que Serguei connaissait.

Le colonel ne s'inquiéta pas de l'agressivité de l'animal ; l'homme qui le retenait semblait maître de sa bête. Serguei nota aussi qu'il s'agissait d'une chienne, plus docile que les mâles, en général, chez cette espèce. Il masqua son agacement sans trop de difficulté, car il savait contenir sa haine des canidés quand les circonstances l'exigeaient.

— Vous avez raison, dit le vieux wahhabite, en se désintéressant de Serguei pour revenir à Bastien. Les sergents ne sont plus échangeables. Avez-vous l'argent pour le prisonnier ?

Serguei jugea bon de traduire la question à Bastien plutôt que de répondre par lui-même.

— *Vy prynymaete kreditnye kartochky*? répondit le Français dans un russe primaire.

135

Le wahhabite ouvrit d'abord de grands yeux, puis éclata d'un rire énorme. Ses acolytes eurent une expression plus nuancée, entre l'amusement et l'agacement.

— Non, je n'accepte pas les cartes de crédit, répondit le petit homme. Vous parlez russe ?

— Ce sont les seuls mots que le représentant français ait appris, Monsieur, répliqua Serguei. Il est un peu blagueur.

— C'est bien, c'est bien, dit le wahhabite. Même en ces temps de troubles, il faut parfois trouver une occasion de rire. Vous voulez bien lui répéter la question ?

Serguei s'exécuta. Bastien répondit, souriant encore de sa blague :

— Dans le coffre. Mais nous aimerions aussi nous assurer que vous avez bien avec vous le prisonnier Ignati N. Semonyan.

— *Da*, répondit le petit homme, bien sûr.

Sans se retourner, il fit claquer ses doigts :

— Ahmed.

Le dénommé Ahmed se dirigea vers l'arrière du camion, souleva la bâche et tendit la main à l'intérieur. Une tête blonde apparut. Le garçon, les bras liés dans le dos, les yeux bandés, sauta à terre, soutenu par le Tchétchène. Quand on lui ôta son bandeau, il resta un moment étourdi par la lumière.

La chienne grogna encore, mais ne bougea pas lorsque le garçon passa devant elle en titubant.

— Vous parlez français ? demanda Bastien au prisonnier.

— Euh… Ou... i, hésita celui-ci en entendant sa langue maternelle. Je le parle un peu.

— Votre nom est bien Ignati Napoléon Semonyan ?

— Absolument. Vous êtes français ? C'est ma mère qui vous envoie ?

— Restez calme, nous avons la rançon.

Le garçon s'écroula à genoux en pleurant.

— Oh ! Seigneur ! Je le savais. Merci. Merci, mon Dieu.

— Et l'argent ? répéta le vieux wahhabite.

— Derrière. Vous voulez vous servir ? dit Bastien en présentant les clés, pendant que Serguei traduisait.

— Vous ouvrez vous-même, dit l'homme, et vous déposez les billets, bien en vue, ici sur le sol, à nos pieds.

— J'y vais, dit Serguei en s'emparant des clés et en provoquant un nouveau grognement de la chienne.

— Paix !

Il contourna la Lada, suivi d'un rebelle qui, sans se faire menaçant, tenait quand même sa *kalachnikov* bien en main. Serguei ouvrit le coffre et se pencha pour saisir la mallette en cuir. Il la souleva sans mouve-

ment brusque et en s'assurant que le Tchétchène pouvait suivre chacun de ses gestes.
Il revint ensuite vers l'avant, où il posa la
mallette aux pieds de Bastien. Au moment
de l'ouvrir, la serrure se coinça, et Serguei
dut la forcer. La valise se déplia enfin, mais
dans un à-coup, ce qui provoqua d'autres
jappements chez le grand danois.

— Paix, Natasha !

D'un mouvement subit, Serguei se remit
debout en se tournant vers l'animal. La chienne jappa de plus belle.

— Paix, Natasha, je dis ! ordonna le wahhabite qui la tenait en laisse. Tais-toi !

En deux pas, Serguei était sur la bête et
lui décochait deux violents coups de poing
à la hauteur du museau. À la fois surprise et
étourdie, la chienne roula dans la poussière,
entraînant son maître avec elle. Serguei eut
le temps de porter deux autres coups mas-
sifs avant que n'éclate la rafale d'un pistolet-
mitrailleur. Il se releva, plus fouetté par les
décharges que fauché, puis s'écroula défini-
tivement en roulant sur les cailloux.

Le Super Puma aux couleurs de l'armée
de l'air française brassait l'air de ses pales
tournant au ralenti. Les hommes, courbés
par réflexe plutôt que par crainte d'être
aspirés, s'y engouffrèrent un à un sous l'œil
curieux de quelques Tchétchènes. Le moteur

gronda plus fort, les pales disparurent dans une rotation qui s'accélérait, et l'appareil quitta le sol comme une grosse libellule gavée d'insectes.

Les yeux cernés, les joues creusées, une barbe crasseuse lui mangeant le visage, Bastien regarda s'éloigner sous lui la Tchétchénie et son enfer. Du quadrillage asymétrique des rues de Groznyï, il distingua les immeubles meurtris, les cours crevées de bombes, et vit se réduire la carcasse des blindés, stoppés des mois plus tôt pendant leur avancée erratique. Un nuage s'interposa bientôt entre le monde et l'hélicoptère, et la vision s'estompa pour céder la place à la grisaille des vapeurs d'eau, puis à l'azur du ciel.

— Tu as une cigarette ? demanda Bastien.

— Depuis quand tu fumes ?

Sans attendre de réponse, Jérémie haussa les épaules, puis plaça une cigarette mentholée entre les lèvres craquelées de Bastien. Ce dernier souffla un nuage bleuté pour éteindre l'allumette.

— Six mois. Pourquoi vous avez attendu six mois ? demanda-t-il en louchant vers la braise de tabac devant ses yeux.

Jérémie fit semblant de s'intéresser aux rivets de la carlingue.

— Il fallait laisser retomber la poussière, dit-il. La ministre a piqué toute une scène devant les caméras de télévision. On a même eu droit aux images du papa qui accueillait son fils… dans un sac de plastique. Tu es chanceux d'en être sorti vivant.

D'un geste étonnamment rapide, Bastien saisit Jérémie au collet. Ses jointures décharnées faisaient une saillie indécente sous sa peau trop mince.

— Chanceux ? Tu dis chanceux ? Tu n'as pas pensé que j'aurais préféré mille fois mourir ? As-tu une idée de ce qu'est une geôle en bas ? Un trou. Creusé dans la terre. Un trou de trois mètres, fermé par une cloison, trop étroit pour te coucher, où tu partages l'espace avec les bestioles, où tu chies sur tes pieds.

Il réprima un sanglot, ce qui lui arracha un hoquet.

— Six mois, poursuivit-il, un ton plus bas. Six mois à attendre que les politiques veuillent bien se rappeler que j'existais.

Il lâcha le col de Jérémie et retomba sur son siège.

— Tout ça pour cette salope de ministre. Pour cet idiot de Russe.

Jérémie se racla la gorge, puis risqua :

— Je ne suis pas censé être ici, Bastien. Je suis venu parce que tu n'es pas seulement un auxiliaire de mon service, tu es aussi mon ami. D'ailleurs, tu n'es même pas un auxiliaire. Tu n'existes pas pour eux. J'ai fait tout ce qui était en mon pouvoir, mais je ne suis qu'un fonctionnaire ; je ne pèse pas lourd.

Bastien tira une longue bouffée de cigarette, puis chercha le regard de Jérémie.

— Où on va ? demanda-t-il.

— Je te ramène en Afrique.

— C'est grand, l'Afrique.

— À Djibouti. Tu t'y referas des forces dans l'une des bases où le commandant est un ami. Ensuite, à toi de voir.

Bastien recracha distraitement un morceau de tabac resté sur sa langue, puis détourna de nouveau son regard vers l'extérieur.

— Merci, Jérémie, dit-il enfin.

L'hélicoptère pivota légèrement en inclinant son axe de vol. Les deux agents se rattrapèrent aux poignées vissées dans la carlingue. Quand l'appareil reprit sa position normale, Jérémie jugea le moment opportun pour tirer de Bastien les informations qui lui manquaient afin de compléter son rapport.

— Comment il se fait que tu te sois retrouvé avec le colonel Serguei Fedtchenko comme interprète au lieu d'utiliser les services d'un vulgaire troufion ?

— Je lui ai sauvé la vie, répondit Bastien en balançant sa cigarette à peine consumée au-dehors. Il s'est senti obligé de me protéger.

— Tu parles d'une protection. Les *Nokhtchi* l'ont retourné à Moscou criblé de deux cent vingt-sept plombs.

— Il n'était pas un ange lui-même.

141

— C'est sûr qu'on ne devient pas colonel de l'armée russe en cueillant des pâquerettes.

Bastien se plaça de façon à recevoir le soleil en plein visage. Il y avait si longtemps ! Si longtemps à croupir dans l'humidité et l'obscurité ! À crever de froid, à tousser jusqu'à s'en cracher les bronches. Il allait presque s'endormir, quand la voix de Jérémie le ramena à la réalité.

— Tu sais que cet ours a déjà tué un grand danois d'un seul coup de poing ? dit-il. En tout cas, c'est ce que disent les potins de l'armée.

— C'est vrai, répliqua Bastien. Il me l'a dit en personne.

— C'est à cause de sa fille.

— Quoi, sa fille ?

— Elle n'avait que deux ans. Bouffée toute crue par le chien des voisins.

Bastien se détourna du soleil pour regarder Jérémie dans les yeux. Une douleur atroce lui traversa la poitrine.

— Tu es sérieux ? demanda-t-il, la gorge nouée. Sa petite f ?...

— C'est dans les rapports à son sujet, répondit Jérémie en plissant les lèvres dans une moue. Natasha qu'elle s'appelait, la gosse.

Ce chapitre a paru pour la première fois, sous forme de nouvelle, dans la revue **Alibis** *(numéro 8, septembre 2003).*

5: L'Africaine – Trois

> « Il faut traverser la rivière avant
> d'insulter le crocodile. »
> Proverbe africain

Hôtel Bouctou, Tombouctou, Mali

La nuit est tombée. Avec la fraîcheur qui caractérise le désert dès le coucher du soleil, le climatiseur semble reprendre le dessus. Il souffle un oxygène attiédi tout en continuant à faire danser les rideaux. La température dans la pièce a chuté de deux ou trois degrés. La fumée de cigarette seule rend l'air irrespirable.

Manley s'est retiré pour prendre un peu de repos dans la chambre à côté. McComber a pris le relais devant Bastien, qu'on n'a pas l'intention de laisser récupérer. L'agent subalterne joue le rôle de l'interrogateur brusque et antipathique, procédé classique pour conduire le captif à quémander une aide muette à son geôlier le plus conciliant. Inconsciemment, le prisonnier relâche sa garde devant celui qui est amène, ou réclame son aide en fournissant certaines réponses à certaines questions.

Le corps athlétique de McComber jure avec la masse graisseuse de Manley. Cette dissemblance physique accentue le manichéisme des deux méthodes. Contrairement encore à Manley, en frottant le côté de son visage, McComber aime bien démontrer qu'il a encaissé et qu'il a envie de venger le coup de pied reçu pendant la bagarre. De la sorte, il accentue l'anxiété chez son prisonnier. Il a aussi noté que la fumée de cigarette incommode le Français ; il ne se gêne donc pas pour souffler d'épaisses volutes grisâtres dans sa direction.

— Dis-moi, *Frog*, comment ça se fait que tu as tout plein de fric et que tu t'habilles comme un bouseux ?

L'accent de McComber est plus curieux que celui de Manley. Il y a des intonations inhabituelles, surtout avec les « A », qu'il prononce très fermés, trahissant qu'il a dû apprendre la langue dans les rues de Montréal.

— Tu as même pas assez de classe pour être riche. Tu es juste un paysan qui es tombé par hasard sur un paquet de fric, et qui étais trop nul pour le dépenser comme du monde. Je te gage que tu l'as mis en banque aux Bahamas à un petit taux d'intérêt, que tu sais même pas quoi faire avec.

Il termine en se tournant vers Williams, comme on lance une blague à un complice muet. Ce dernier rit en lorgnant Bastien.

McComber revient brusquement vers Bastien en saisissant son visage dans sa main droite. Il lui écrase les joues dans une poigne

forte qui force les mâchoires de son prisonnier à s'ouvrir.

— Si c'était pas que mon boss serait en
maudit après moi, je te casserais ta petite
gueule de *crisse* de Français.

Et il se frotte de nouveau la joue avant
d'aspirer une longue bouffée de cigarette,
qu'il souffle lentement au visage de Bastien.

Depuis un moment, ce dernier est une
victime facile. Il a beaucoup pleuré et ne
garde plus que la tête basse, en lutte avec les
spectres qui occupent son esprit. Scopola-
mine, sodium thiopental, penthotal… il ne
sait trop ce qui coule dans ses veines, mais la
drogue injectée a ouvert toute grande la
malle. Les images, les sons et les odeurs qu'il
espérait enfouis à jamais l'imprègnent de
nouveau. Le visage de McComber, au milieu
de la fumée nauséabonde, symbolise le mal ;
celui de Manley, qui reviendra avant l'aube,
le bien. C'est à ce moment, sans doute, qu'il
pourra se confier, raconter ce qui le détruit
au cœur de son cœur.

Mais depuis trop longtemps, même effondré, Bastien a appris à réagir devant la menace. Il n'a pas besoin de réfléchir si on l'agresse ;
il peut laisser son cerveau dormir, ses réflexes
agissent d'eux-mêmes. Nul besoin de raison-
ner.

Ça fait un long moment que les deux bras
de Bastien ballent le long de son corps.

McComber ne s'en soucie plus ; c'est pour-quoi il ne voit rien venir. Le Français saisit le poignet de l'Américain à la hauteur de son visage. D'une rapide manœuvre, il le replie en appuyant son pouce contre le dessus de la main. De sa paume gauche, il frappe le coude de McComber et, appliquant une clé de bras douloureuse, l'oblige non seulement à lâcher prise, mais à s'agenouiller au sol pour suivre la torsion appliquée. Tandis que Williams et Doherty bondissent pour venir en aide à leur collègue, McComber, de son pied, exerce une brusque poussée sur les pattes de la chaise. Déséquilibré, Bastien, dont les jambes sont toujours attachées, tombe sur le sol en échappant sa clé de bras. Le pied de Williams rencontre son abdomen. Soufflant tout l'air de ses poumons, il porte un bras à son ventre en rentrant la tête dans les épaules. Il s'attend à recevoir un autre coup, mais les Américains n'osent pas le frapper plus que nécessaire. Dans son esprit confus, il se sent soulagé une seconde, puis oublie pour-quoi.

Avec brusquerie, Williams et McComber remettent la chaise sur ses pattes, tandis que Doherty rattache les poignets de Bastien der-rière le dossier. Une gifle, qui lui paraît da-vantage bruyante que douloureuse, le réveille, puis Bastien sent le goût du sang dans sa bouche. Il bat des paupières devant le visage furieux de McComber, qui apparaît et disparaît au rythme des clignements.

— Écoute-moi bien, *Frog*: tu recommences un truc comme ça et je te jure que cette fois-là, je te la casse, ta gueule, tu as compris ? Je te la casse, ta gueule !

L'Américain aspire en faisant siffler l'air entre ses dents. Il se rassoit sur le lit à la place de Manley et, à son tour, farfouille dans le dossier. Contrairement à l'attitude plus détachée de son supérieur, il jette de rapides et fréquents coups d'œil à Bastien.

— Tu finiras bien par nous dire ce que tu as foutu avec le fric, espèce d'amateur.

— Peut-être qu'il se tait pour protéger quelqu'un resté dans le pays, hasarde Williams, qui vient de choisir de se mêler à l'interrogatoire.

— Tu penses ? dit McComber. La négresse, hein ? Ouais, c'est pas bête, ça. Peut-être qu'il dit rien pour protéger le cul noir de sa négresse.

— Maintenant que nos *Boys* se préparent à écraser la dictature de Séré et à libérer le pays, peut-être qu'il pense que la négresse va en prendre plein son cul, hein ?

— Sûr que nos *Boys* vont se la farcir. Moi, si j'avais autant de millions que le *Frog*, c'est sûr que je ferais tout pour aller chercher ma négresse et la cacher en lieu sûr.

De quoi parlent-ils, ces salauds ? De qui ? Des filles noires, Bastien en a plein sa vie.

Rencontrées ici et là, au gré de ses mouvements. Des prostituées, des filles du grand monde, des petites paysannes et des bourgeoises. Il y en a tant. Tant de bras qui se sont suspendus à son cou, tant de lèvres qui ont écrasé les siennes. Tant de visages différents à ses réveils, tant de sourires…

— Regarde-moi le dossier de ce trou de cul, dit McComber en balançant sur le lit deux feuilles brochées ensemble.

Elles atterrissent à la hauteur de Williams, qui a repris sa place en retrait. L'agent fait semblant de lire en prenant un rictus narquois.

— Même pas foutu de mener une enquête à son terme, attaque de nouveau McComber, acharné. Même pas foutu de trouver un minable assassin dans un pays de minables, dirigé par des minables. Une enquête qui demandait trois gouttes de bon jugement, et il l'a conclue avec des suppositions et une excuse pour manque de preuves. *Crisse* d'idiot.

Il tire une cigarette de son paquet et la coince à la commissure de ses lèvres. Il l'allume avec un Bic à bon marché, qu'il renvoie d'un geste éprouvé dans la poche de sa chemise.

— La Guinée, dit McComber, les yeux au plafond, les lèvres étirées, tandis qu'il souffle des ronds de fumée. Un autre pays à nègres. Il faut croire qu'il les aime pour de vrai.

6: Guinée Palace

« La nuit dure parfois longtemps,
mais le matin finit toujours par arriver. »
Proverbe africain

(10 ans plus tôt)

Camp de Foréguékou, région du Bec de perroquet
Guinée forestière, Guinée, Afrique occidentale.

— Pourquoi tu es venu mourir ici, Félix ?

Le petit militaire toisait Bastien sans trop savoir s'il devait répondre à la place du fantôme. Il fit claquer sa langue dans un moment d'intense réflexion, puis choisit de se taire.

La pluie des dernières heures avait tout détrempé. Les ruelles n'étaient plus que des marigots de boue nauséabonds dans lesquels surnageait la vermine. De l'eau accumulée s'échappait sur les toits de tôle, provoquant de brusques et bruyants mitraillages.

— Il était étendu comme ça, dit le petit militaire en tordant un peu la taille et en indiquant d'une branche sèche l'espace restreint entre deux bâtiments.

L'eau ruisselait de son képi défraîchi et coulait sur son visage en grosses larmes froides.

— Neuf coups de couteau à la poitrine, précisa-t-il pour la troisième fois, et dans une grimace qui ressemblait trop à un sourire.

Sûr qu'il y prenait plaisir. Un Blanc qui se faisait taillader avec cet acharnement s'était forcément fait des ennemis.

Félix. À quel clan s'était-il opposé ? À aucun et à tous en même temps, sûrement. Pas facile ici de dépêtrer l'ami de l'ennemi dans les entrelacs des ligues et des allégeances qui se faisaient ou se défaisaient au gré des courants politiques. Encore moins dans un camp de réfugiés où chacun cherchait sa survie dans les alliances provisoires ; amis un jour, ennemis le lendemain, et amis de nouveau le surlendemain.

Bastien renifla avec force en prenant un air désinvolte. Il faisait mine de se désintéresser de la scène en s'attardant sur un petit groupe d'enfants nus qui le désignaient du doigt en pouffant. Au coin d'un bâtiment voisin, ayant cherché l'abri d'une toile tirée au-dessus du bois de cuisson, un homme était étendu sur un sac de jute. Engoncé dans une couverture humide qu'il tenait serrée contre sa poitrine, les yeux révulsés, il tremblait en murmurant quelque divagation dans sa langue. Quotidien banal d'une région rongée par le paludisme.

Le militaire s'efforçait d'accrocher le regard de Bastien, mais celui-ci l'ignorait à dessein. L'étuve de la jungle guinéenne, l'une des régions les plus humides d'Afrique, affectait son humeur davantage que les initiatives de Félix. Il aurait bien mis son poing sur la gueule de quelqu'un. Mais pas sur ce con d'officier minable, qui ne serait que trop heureux de tenir le prétexte pour lui balancer un coup de crosse dans l'estomac.

Félix. Quelle chierie.

— On l'a volé ?

En pinçant les lèvres, le militaire se donna un air de profonde réflexion – exercice qu'il n'avait visiblement jamais pratiqué –, puis aspira bruyamment l'air entre ses dents. Il plissa ses yeux de blaireau en grattant une carie de son ongle sale.

— Oui, bien sûr, répondit-il, mais ça peut être l'assassin comme quiconque est passé après lui.

— Ce qui sous-entend que le vol pourrait ne pas être le mobile.

— Ou pourrait l'être.

Toute cette eau qui suintait, qu'on respirait, dans laquelle on pataugeait ; toute cette humidité qui collait au corps, plaquait les chemises sur la peau, abattait les cheveux sur les crânes… Bastien n'en pouvait plus. Il ne manquait que les pommes de terre et il aurait eu l'impression de se trouver dans la marmite du dîner.

Il repoussa les mèches trop longues, poissées sur ses tempes, en regrettant de n'avoir pas pris le temps de voir son coiffeur excentrique avant de quitter Genève. Celui avec un petit accent parisien. « Tu les gardes trop longs, tes cheveux, je te dis. C'est chaud et ça abrite la saloperie. Je te mets le crâne fissa à ras pour pas un rond. » Bastien les lissa avec insistance sur le dessus de sa tête et replaça son Tilley's avant qu'ils ne retombent. Une poule passa en gloussant. Le militaire chercha à lui envoyer un coup de talon, mais son réflexe fut trop lent et son pied ne balaya que l'air. Pendant une seconde, il perdit le peu de dignité qu'il cherchait à s'attribuer et ressembla à un clown qui se donnait en spectacle.

— Qu'est-ce qu'on trouve par là ? demanda Bastien.

— Le dispensaire.

— C'est là qu'il se rendait quand on l'a attaqué ?

— Possible. Les clés traînaient au sol près de lui.

— Et on ne les lui a pas prises ?

— Pour en faire quoi ? Il n'y a rien à voler dans le dispensaire. Les médicaments sont distribués à mesure qu'ils arrivent.

Afin de masquer son impatience, Bastien passa la main sur le bas de son visage, épongeant la sueur, et finit le mouvement en serrant le poing comme pour tordre un linge humide. Les yeux de blaireau restaient fixés sur lui.

— Retournons au Pentagone, dit-il.

Ce que les réfugiés de Foréguékou appe-
laient « le Pentagone » était une série de cinq
petites cases en torchis, reliées entre elles
pour servir de bureaux aux travailleurs et
aux bénévoles locaux du H.C.R., le Haut
Commissariat pour les Réfugiés. Il s'agissait,
bien sûr, d'une installation temporaire, le
temps que l'équipe sur le terrain évalue le
potentiel de dangerosité des environs. Si la
conclusion de l'étude donnait une note positive à Foréguékou, une nuée d'O.N.G. de
tout acabit demanderaient les permis nécessaires pour distribuer la charité à tire-larigot.
Militaires, rebelles et cafards de diverses
natures profiteraient dès lors des bienfaits
que larguaient les nantis pour se donner
bonne conscience. Mais pouvait-on jeter la
pêche sur les quais sans attirer les goélands ?
Il n'existait pas de remède miracle pour amener l'aide aux réfugiés. Ces gens avaient été
boutés hors de leurs frontières par la guerre
et jetés pêle-mêle dans des camps improvi-
sés. Ils étaient démunis de tout et ne devaient
leur subsistance qu'aux pays d'accueil et aux
contrées donatrices.

— Comment t'appelles-tu ?

Le garçon n'avait pas vingt ans, mais
sans doute un peu plus de quinze. Il avait
gardé un aspect poupin dans ses joues trop

rondes et son crâne trop gros. Il tenait la tête basse, les yeux au sol, dans cette attitude de soumission que les réfugiés adoptent souvent sur une terre étrangère où l'on daigne bien les accueillir.

— Tu es Sierra-Léonais ?

— Oui, Monsieur.

— Comment t'appelles-tu ?

— Je m'appelle Sorie Moiwo, Monsieur.

Il parlait un excellent français.

— Quel âge as-tu ?

Il haussa les épaules rapidement sans répondre. Il portait un vieux polo, plombé par des années sous les feux du soleil africain et sous l'attaque des pluies de la mousson. La couleur était impossible à définir. Sur la poitrine et le dos, à travers de multiples accrocs dans le tissu, le lustré de sa peau d'obsidienne jetait des reflets humides. La lumière venue de la fenêtre minuscule découpait ses muscles immatures en traits flous, comme l'esquisse sur une toile.

— Tu travaillais pour Félix, Sorie ? Pour monsieur Carignan ?

— Oui, Monsieur.

— Tu l'aimais bien ?

— Grâce à lui, j'avais un petit revenu qui me permettait de faire vivre les miens, Monsieur.

— Tu as une grande famille, Sorie ?

Il donna un petit mouvement de tête involontaire, mais ne leva pas les yeux davantage.

— La guerre a pris mon père, Monsieur, puis elle a pris ma mère, mes deux frères, la plupart de mes cousins, de mes oncles et de mes tantes. Je ne peux qu'espérer y survivre le plus longtemps possible avec l'oncle et la sœur qui me restent.

— C'est toi qui les soutiens ?

— Ma sœur n'a pas dix ans, Monsieur, et mon oncle est infirme.

Bastien feuilleta le dossier sur la table devant lui en faisant semblant d'y chercher une information. Une goutte de sueur s'échappa de son front et vint éclabousser le papier déjà humide. Un remugle d'herbe pourrie et de fientes de souris montait des joints mal fermés du plancher.

— Vous allez fermer le Pentagone, Monsieur ?

C'était la première fois qu'il prenait l'initiative de la conversation. Il y avait comme une détresse retenue dans le ton de sa voix.

— Je ne sais pas. On m'a envoyé ici pour juger la situation, pour que je m'assure qu'on peut y faire transiter l'aide étrangère sans pépins.

— Ce serait terrible, Monsieur.

— L'aide étrangère ?

— Fermer le Pentagone. Si l'aide international n'arrive pas, nous mourrons tous.

— Je sais. C'est pourquoi mes patrons de Genève cherchent à savoir si la mort de Félix Carignan est un cas isolé, ou si le même sort attend les coopérants étrangers.

— Je ne crois pas, Monsieur.

— Pourquoi ? Tu sais qui a tué monsieur Carignan ?

Vivre, c'est craindre. Et plus tu as peur, plus tu vis longtemps. En temps de troubles, fou est celui qui pavoise ou qui confronte par orgueil. La guerre est là depuis si longtemps que j'ai l'impression d'être né avec elle, d'avoir grandi avec elle, et elle sera là encore si j'ai le privilège de vieillir. Comme l'arbre de la forêt, le nuage dans le ciel ou la termite sur le tumulus, elle est intégrée au décor de ma vie. Je ne peux rien contre elle. Je ne peux que m'y habituer pour soutenir mon oncle Komba et ma sœur Mabinte. Ils sont les seuls liens qui me rattachent à ce monde. Sans eux, je n'ai plus de relations qu'avec les morts. Sans eux, moi aussi, je suis mort.

Comment le Blanc qui est né en temps de paix, qui a grandi dans un pays en paix, qui peut encore serrer sur son cœur sa mère, son père et ses frères, peut-il comprendre ? Comment se représente-il la douleur et les besoins de ceux qui n'ont pour toute musique que le claquement des pistolets-mitrailleurs ?

— Comment c'est ici, Sorie ?

— La Guinée est un pays très pauvre, Monsieur. Pourtant, elle accepte d'accueillir les réfugiés comme nous, qui fuyons la guerre en Sierra Leone et au Libéria. Les Guinéens sont des gens généreux.

— J'ai entendu dire que les Guinéens attaquent parfois les camps ?

— Ce sont des cas isolés, Monsieur. Le problème vient surtout du R.U.F.

— Le R.U.F.?

— Le *Revolutionary United Front*. Les rebelles opposés au gouvernement de mon pays.

— Ah oui ! ceux-là. Je les connais de triste réputation.

— Parfois, ils envahissent les camps de réfugiés à la recherche de recrues potentielles. Ils volent la nourriture et enrôlent de force ceux qui ne veulent pas joindre leurs rangs.

— Félix Carignan s'est frotté à eux ?

— Oui, Monsieur. Heu ! Non, Monsieur.

— Oui ou non ?

— En fait, je ne sais pas, Monsieur. L'armée guinéenne est venue pour repousser les rebelles du R.U.F. plus loin à l'intérieur des frontières de la Sierra Leone – la Guinée est en bons termes avec le gouvernement de mon pays ; la chasse aux rebelles est autorisée par l'un et l'autre, d'un côté à l'autre de la frontière. Je crois que monsieur Félix a rencontré, en leur temps, chacun des deux groupes.

— Avec qui il n'a pas conclu de pacte d'amitié sans doute.

— Je ne crois pas, Monsieur.

— À qui d'autre Félix peut-il s'être opposé ?

— Aux rebelles libériens qui se terrent en Guinée.

— Que les soldats guinéens repoussent à leur tour, je suppose ?

— Non, Monsieur, car la Guinée est en conflit avec le Libéria, alors elle accorde asile aux rebelles sur son territoire.

— Comme panier de crabes…

— Alors parfois, l'armée libérienne envahit clandestinement le territoire guinéen pour chasser les rebelles. Évidemment, les camps de réfugiés sont les premiers soupçonnés d'abriter l'ennemi.

— Évidemment.

— Sans compter les *Kamajors*, les Forces de défense civile, favorables au gouvernement sierra-léonais, et qui sont apparues de ce côté-ci de la frontière.

— Arrête, je n'y comprends plus rien.

— Et il y a aussi les communards, Monsieur.

Ce matin-là, le ciel roulait ses nuages après une nuit orageuse. Le soleil se gardait de paraître autrement qu'en une boule pâlotte, retranchée derrière la moiteur étouffante de l'aube. Mabinte, ma petite sœur, revenait du puits avec l'eau qu'elle y avait puisée. Elle avait un peu traîné en chemin, et je m'apprêtais à la sermonner. Elle me mettait en retard pour ma toilette du matin ; je devais me rendre à mon travail, au Pentagone. C'est alors que les communards sont arrivés. Il s'agit d'une milice de défense civile formée de guinéens désœuvrés, pauvres et démunis, qui usent de leur pouvoir pour trouver de quoi vivre. Ils demeurent souvent dans les villages voisins des camps de réfugiés. À intervalles réguliers, ils envahissent les camps, prétextant des vérifications de routine pour rançonner et prendre le peu que les réfugiés possèdent encore.

— Quel était ton travail auprès de monsieur Carignan, Sorie ?

— Je lui servais d'interprète auprès des gens de diverses ethnies qu'il rencontrait. J'ai la chance de parler plusieurs dialectes, Monsieur.

— C'est-à-dire ?

— Français, anglais, malinké, foula et, bien sûr, le krio, le dialecte le plus parlé dans mon pays.

— Tu les as appris comment ?

— À force de déplacements, d'un territoire à l'autre. J'apprends très vite les langues, Monsieur. Je suis un bon employé.

Les communards avaient pris soin de ne pas faire vrombir le moteur de leur camion avant de paraître au milieu du camp pour profiter de l'effet de surprise. Avec cet air d'autorité et de suffisance que leur conféraient leurs pistolets-mitrailleurs, ils cernèrent rapidement la plupart des bâtiments, bloquant tous les accès. Sans ménagement, ils séparèrent les enfants des adultes, qu'ils regroupèrent au centre de la place. Mon oncle Komba, qui n'a qu'une seule jambe et qui se déplace en s'appuyant sur un bâton, fut poussé sans égards. Il perdit l'équilibre et plongea au sol dans un éclaboussement de boue. Un communard l'injuria en malinké et lui donna un violent coup de pied dans les côtes. Je me précipitai pour lui venir en aide, mais un poing au visage me fit reculer.

— Nous savons que des rebelles du R.U.F. se cachent parmi vous, lança un grand maigre qui semblait être le chef et qui brandissait un revolver au milieu de l'attroupement. Vous profitez de la générosité de mon pays pour manger sa nourriture, boire son eau, refaire vos forces et retourner ensuite combattre votre gouvernement qui est pourtant un allié de la Guinée.

Il avait parlé moitié en malinké et moitié en krio, comme s'il ne savait trop à quel auditoire s'adresser : les réfugiés ou ses hommes. Oncle Komba avait réussi à se relever et se tenait appuyé contre moi. Au milieu des enfants que menaçait un gamin de onze ans armé d'un M-16, j'apercevais la tête de Mabinte qui me regardait, figée de terreur. Je lui envoyai un rapide sourire d'encouragement.

— Déshabillez-vous !

L'ordre parut un peu absurde. Les femmes regardèrent instinctivement leur mari sans réagir, comme si la directive ne les concernait pas.

— Déshabillez-vous, j'ai dit ! répéta le grand maigre en tirant sur la robe d'une vieille femme près de lui. Tous !

— Mais pourquoi ? protesta une femme dont la grossesse projetait le ventre loin devant elle.

— Les rebelles ont des marques, des blessures... C'est pour identifier.

— Mais je ne suis pas une rebelle, insista la femme. Je suis...

Le communard leva son revolver et, sans autre sommation, fit feu. Je vis le foulard de la femme repoussé par les os qui explosaient et le gros ventre rouler dans la boue.

— Déshabillez-vous ; je ne le répéterai plus.

Peu après, honteux et humiliés de nous retrouver tous ensemble nus comme au jour de notre naissance, hommes et femmes n'osions plus lever la tête et nous faire face. Du coin de l'œil, je distinguais les rictus moqueurs des communards, qui nous scrutaient des pieds à la tête, narguant nos attitudes déchues. Sans ménagement, les miliciens nous tournaient et nous retournaient, scrutant nos moindres parcelles de peau, ouvrant nos jambes avec le canon des M-16, tripotant de leurs *mains impudiques les seins des femmes et far-fouillant leur sexe.*

— C'est quoi, ça ?

Un communard désignait la cicatrice sur la hanche d'un homme.

— Un vieux souvenir, répondit le réfugié. Quand j'étais petit, je suis tombé dans le feu du bivouac.

— Tu parles, oui ! C'est la blessure d'une balle. Tu es un combattant.

— Non, je vous…

Un violent coup de crosse à la tempe le fit taire et l'envoya au sol.

— Et ça ?

Un autre communard désignait une série de petites lignes, coupées à angles droits, sur le dessus des sourcils d'un second réfugié.

— C'est… c'est un tatouage rituel, balbutia l'homme. Dans ma tribu, on marque ainsi les enfants pour les protéger des esprits qui…

— Hé, Boubacar ! héla le communard. Viens voir. Ça dit quoi ? Ce sont des lettres, pas vrai ?

Un autre communard rejoignit son compagnon pour examiner le front du réfugié.

— Ouais, conclut le dénommé Boubacar. Ça veut dire « R.U.F. ».

Visiblement, il ne savait pas lire.

— Allez, place-toi là! ordonna le premier communard en repoussant le réfugié à l'écart.

Celui-ci, le visage défait par la terreur, mais ne voulant pas subir le sort de son prédécesseur

qui gisait encore au sol, s'empressa d'obtempérer.
Il demeura sous la garde étroite d'un autre gosse
d'une douzaine d'années.

— Dis-moi, Sorie, si je regarde dans les
dossiers, je vois un tas de cartes de réfugiés.
Que font-elles ici ?

— C'est monsieur Félix qui en contrôlait
l'émission, Monsieur.

— Comment ça, « contrôlait l'émission » ?

— Oui, Monsieur. Il les faisait remplir par
la secrétaire et les distribuait aux réfugiés.
Mais c'est monsieur Félix qui s'assurait que
le détenteur était bien un réfugié et non un
rebelle qui cherchait à se faire passer comme
tel.

— Mais ces cartes ne sont pas légales,
Sorie.

— Elles sont émises par le H.C.R., Monsieur.

— Je sais que le H.C.R. les a émises, mais
des boîtes entières ont disparu, vendues sur
le marché noir. Si bien qu'on ne peut plus
légitimer celle que possède un détenteur.

— À Foréguékou, elles ont été émises à
la plupart des réfugiés.

— À la plupart ?

— Oui, Monsieur.

— Pourquoi pas à tous ?

— …

— Tu ne réponds plus, Sorie ?

— *Toi, le vieux, là. Pourquoi il te manque une jambe ?*

Oncle Komba se mit à serrer mon épaule si fort que je sentais ses ongles pénétrer ma chair. Le communard tapait sans ménagement sur son moignon avec la pointe de son M-16.

— *Pourquoi tu as qu'une jambe ?*

— *J'ai… J'ai marché sur une mine pendant que je labourais mon champ.*

— *La belle affaire ! Ça serait pas plutôt que tu as reçu un mortier pendant que tu te battais contre les soldats de ton pays ?*

— *Non, je vous jure. J'ai sauté sur une mine. Je ne sais pas me servir d'une arme.*

— *Menteur !*

Le communard repoussa oncle Komba de façon à ce qu'il lâche mon épaule et perde l'équilibre. Je cherchai à m'interposer avec toute la retenue qu'il m'était possible d'avoir dans les circonstances.

— *Je vous en prie, c'est mon oncle ; il dit la vérité. Il a vraiment…*

Malgré le ton apaisant que j'avais employé, le Guinéen m'envoya un coup de crosse dans l'abdomen. J'expirai d'un seul coup tout l'air de mes poumons et me pliai en deux sous la douleur. Dans cette position de vulnérabilité, un poing me frappa sur le côté de la tête et je m'écroulai à mon tour, l'esprit ricochant au milieu des étoiles. Je fus inconscient une seconde ou deux et me réveillai dans la boue, sous oncle Komba. On le déplaça à coups de pied pour se saisir de moi et m'envoyer rejoindre ceux qui attendaient déjà qu'on statue sur leur sort.

Plusieurs villageois cherchèrent à convaincre les communards de leur condition de réfugiés en présentant la carte émise par le H.C.R. Les miliciens, totalement illettrés, ne pouvaient juger de l'authenticité du document qu'on leur présentait et ne s'en souciaient en aucune manière. De toute façon, ils n'étaient pas venus à Foréguékou dans le but de séparer le bon blé du chiendent.

Quand nous fûmes une quinzaine regroupés comme prisonniers et soupçonnés – officiellement – d'appartenir au R.U.F., nous fûmes chargés à bord du camion qui attendait. Si nous n'avons pas été plus nombreux, c'est que le petit véhicule ne pouvait contenir plus de prisonniers. Plusieurs réfugiés achetèrent leur liberté en payant directement aux communards une somme variant entre 1000 et 2000 francs guinéens. Oncle Komba s'en tira parce qu'il était resté cloué au sol. Et puis, il fallait bien garder libre un membre de ma famille qui pourrait négocier ma libération et payer ma caution.

On demeura un moment dans le camion, le temps que certains communards pillent quelques cases et violent quelques femmes. Ensuite, nous nous sommes ébranlés en direction du village voisin où on avait érigé la prison.

— C'est très important, Sorie.

— Quoi donc, Monsieur ?

— Y avait-il des rebelles… Y a-t-il des rebelles parmi les réfugiés de Foréguékou ?

— Pas à ma connaissance, Monsieur.

— Ta connaissance est-elle si limitée par rapport au statut des gens du camp ?

— On ne peut jamais être certain de rien à 100%, Monsieur.

— Alors, je veux connaître ce que tu penses d'instinct, Sorie.

— Dans ce cas… je ne crois pas qu'il y ait des rebelles à Foréguékou, Monsieur.

— C'est ton opinion sincère ?

— Je peux me tromper, Monsieur.

— Et que croyait monsieur Carignan ?

— Je crois qu'il abondait dans le même sens, Monsieur.

— Dans ce cas, Sorie, pourquoi Félix distribuait-il les cartes de réfugiés au compte-gouttes ?

— …

— Sorie ?

— Je ne sais pas, Monsieur.

— Faisait-il payer ceux à qui il les attribuait ?

— Je ne crois pas que monsieur Félix aurait accepté le moindre sou des réfugiés, Monsieur. Les gens ici sont très pauvres et ne disposent que de quelques milliers de francs. Une somme ridicule pour un Blanc, Monsieur.

— Dans ce cas, qu'exigeait-il en échange des services qu'il rendait aux réfugiés et de ces fichues cartes du H.C.R. qui ne valent même pas le papier sur lequel elles sont imprimées ?

— …

— Tu vas me répondre, Sorie, bordel ?

Bien sûr, les prisons qu'on érige dans les villages où se forment les rangs de communards sont illégales. Aussi, pour éviter d'attirer l'attention d'éventuels groupes de défense des Droits de l'Homme, on creuse dans le sol des trous qui serviront de cellules et on bâtit tout autour une hutte qui sert d'écran. Celle à laquelle on nous destinait était de celles-là.

— Bienvenue au Guinée Palace ! lança un des communards en riant, tandis qu'on nous tirait hors du camion pour nous précipiter dans la cellule unique.

L'odeur en était épouvantable. Le sol de terre nue était couvert d'urine et d'excréments. Trois prisonniers venus d'on ne sait où y croupissaient déjà. Nous nous retrouvâmes dix-huit dans le réduit, debout, car il n'y avait pas de place pour s'étendre. Sans lumière, sans fenêtres pour aérer, la chaleur moite devint rapidement infernale et nous prîmes d'instinct l'attitude de survie qui prévaut dans les prisons africaines : en cercle, face au mur, épaules contre épaules, nous nous déplacions à intervalles réguliers afin de respirer cha-

cun notre tour, pendant une dizaine de minutes, devant le judas, seule ouverture de la cellule. L'instinct de survie individuelle chercha peu à peu à s'imposer. Les plus forts s'essayaient à demeurer plus longtemps devant le trou ou repoussaient les moins agressifs avant la fin de leur tour. Il fallait continuellement négocier son temps de répit.

Pendant le premier jour de notre captivité, nous ne reçûmes rien à boire ni à manger. Deux hommes parmi les moins résistants finirent par s'écrouler dans les déjections, accélérant d'autant notre passage devant le judas. Le deuxième jour, on nous distribua un peu d'eau croupie qui en rendit deux autres malades. Ces derniers contractèrent une diarrhée, qui ne fit que rendre l'atmosphère encore plus suffocante. Je ne sais pas comment on peut tolérer plus de vingt-quatre heures un régime de ce genre sans devenir fou. Peut-être le suis-je devenu et que je n'en ai pas conscience. Moi, de nature si pacifique, j'en suis venu à haïr les deux malheureux de chaque côté de moi. Au bout de quelques heures, je ne cherchais plus qu'à voler du temps à celui qui me précédait en le poussant continuellement, lorsqu'il se trouvait devant le judas, et à refuser de céder ma place à celui qui me suivait. Des invectives s'échangeaient parfois, plus rarement des coups, car nous faiblissions rapidement. Afin d'oublier ma souffrance et d'occuper mon esprit, je pensais à ma petite sœur Mabinte. Je revoyais en mémoire ses grands yeux atterrés, quand on m'a amené vers le camion, sa menotte tendue vers moi. J'essayais de réentendre son cri, qu'étouffaient les vociférations des communards et les appels de détresse des réfugiés. Sans doute avait-elle retrouvé oncle Komba et effectuaient-ils des démarches auprès de monsieur Félix pour me faire libérer.

Après trois jours sans dormir et sans manger, la porte s'ouvrit enfin. Les communards se saisirent de celui qui se trouvait devant le judas à ce moment précis et l'amenèrent avec eux. Ses cris de douleur nous parvinrent pendant deux heures. Nous devînmes soumis plus sûrement que si nous avions été nous-mêmes sous la torture. La porte s'ouvrit de nouveau peu après, provoquant un mouvement de recul parmi nous. Mais cette fois, c'était pour une distribution de quignons de pain dur. Les plus forts mangèrent davantage que les faibles, trichant sur les parts, soustrayant plus que leur dû. Je défendis vaillamment ce qui me revenait, bien décidé à survivre et à sortir vivant de cette épreuve. Je pensais à Mabinte, cette petite sœur que j'aimais plus que moi-même et pour qui je devais vivre. Elle et oncle Komba avaient trop besoin de moi.

L'espoir me revint lorsque trois d'entre nous furent libérés. Des parents avaient payé une rançon, prouvant que les communards n'avaient que le gain en tête et se moquaient bien que nous fussions ou non des rebelles du R.U.F. Quand ils *ouvrirent la porte, ils en profitèrent également pour récupérer le corps de l'un des deux hommes qui s'étaient écroulés la première journée. Il était mort et avait commencé à pourrir. La porte se referma sur nous, plongeant de nouveau la cellule dans les ténèbres, mais l'espoir me tint plus que jamais. Mabinte et oncle Komba, en cet instant même, négociaient sûrement ma libération, soit directement avec les communards, soit par l'entremise de monsieur Félix.*

— Foréguékou compte officiellement 4 618 réfugiés. Je dénote 2 223 cartes de réfugiés, répertoriées avec nom, sexe, âge et nationalité du détenteur, classées par famille et par région. C'est un beau travail de recensement.

— Monsieur Félix était pointilleux sur le travail bien fait, Monsieur.

— C'est tout en son honneur.

— Oui, Monsieur.

— Alors ?

— Oui, Monsieur ?

— Pourquoi plus de la moitié des gens de Foréguékou ne figurent pas encore sur la liste des réfugiés ?

— …

— Eh bien ?

— …

— Tu protèges Félix, Sorie ?

— Pas du tout, Monsieur.

— Par toi, par la secrétaire ou par quelqu'un du camp, je finirai par connaître la
vérité, Sorie.

— Je le crois également, Monsieur.

— Alors, pourquoi tu ne me facilites pas
le travail ?

— …

— Que demandait Félix en échange
d'une carte de réfugié ?

J'ai quitté Guinée Palace plus de quatre jours
après y être entré. C'est Mabinte, en compagnie
d'un voisin, qui est venue me chercher. Oncle
Komba était resté à la maison, mal remis des coups
reçus au moment de la rafle. Quand j'ai retrouvé
ma petite sœur, les larmes aux joues, ses mains
tremblantes tendues vers moi, j'ai pleuré aussi.
Elle s'est pendue à mon cou pour me serrer contre elle, malgré l'odeur épouvantable que je dis-
tillais autour de moi.

— J'ai payé quinze mille francs, dit-elle entre
deux sanglots. Ils t'ont évalué plus cher que les
autres, parce que tu as des relations avec le Blanc.

— Quinze mille francs ! Oh ! par mes ancê-
tres ! où as-tu trouvé une telle somme, Mabinte ?

Mais avant qu'elle réponde, le monde s'est
dérobé autour de moi et, l'instant d'après, j'étais
assis sur le sol, un petit gobelet d'eau aux lèvres.
Mabinte m'a présenté un morceau de fromage et
un peu de pain, premier vrai repas que je prenais
depuis quatre jours. Je suis resté encore abasourdi

près d'une heure puis, me servant d'appui, Mabinte et le voisin m'éloignèrent au plus vite du village des communards et de l'enfer de Guinée Palace.

Le chemin du retour fut long, car je marchais lentement en me reposant souvent. Quand le voisin nous laissa seuls, Mabinte et moi, je m'informai de nouveau.

— Qu'as-tu vendu que nous possédions encore et qui valait quinze mille francs ?

— C'est monsieur Félix. Il m'a donné l'argent.

— Ah ! je savais que monsieur Félix ne me laisserait pas tomber. Tu verras, je me rétablirai vite et, à force de travail, je lui rembourserai rapidement sa générosité.

Mabinte serra ma main plus fortement.

— Non, dit-elle. Il ne demande pas que tu le rembourses.

Mon cerveau marchait encore un peu au ralenti, mais je comprenais, dès ce moment, qu'un éléphant couvait un œuf.

— Je connais bien monsieur Félix, Mabinte. Il est gentil, mais ne donne rien pour rien. Je sais qu'il demandera un remboursement, mais tu verras...

— Je te dis que c'est déjà remboursé! coupat-elle avec une brusquerie et une agressivité qui ne lui étaient pas coutumières.

J'ai arrêté mon pas. Mon cerveau se réveillait enfin. Je ne connaissais que trop les types de paiement que réclamait monsieur Félix auprès *des réfugiés, lorsqu'il émettait les cartes du H.C.R. mais, pas un instant, je n'avais imaginé que cela pourrait un jour toucher ma petite sœur. Il était pour moi un patron si prévenant, si attentionné!*

Le premier soir où j'ai dormi sur ma couche, après mon retour de Guinée Palace, j'ai été victime d'odieux cauchemars. Je ne me revoyais pas dans mon trou nauséabond, à étouffer dans la moiteur infecte et à repousser les rats de mes pieds nus, non. Je voyais plutôt les mains blanches de monsieur Félix parcourir le corps noir et frêle de Mabinte.

Deux soirs plus tard, tandis que je me rendais au dispensaire en sa compagnie, je ne pus détacher mes yeux de ces mêmes mains blanches qui tenaient les clés. Autour de moi, tout est devenu noir comme dans Guinée Palace, et j'ai senti remonter la haine et l'agressivité. Je n'avais qu'un petit canif, mais quand c'est la rage qui guide nos actes…

Bastien posa le dossier sur la table. Dans le sursaut de Sorie, il constata après coup qu'il l'avait plutôt jeté avec violence. L'écho s'entendait encore dans la petite pièce. Il voulut émettre quelque vague excuse, mais sa voix se perdit dans un gargouillis étouffé. Il écumait de rage. Sorie cessa de respirer. Il n'aurait pas dû se laisser aller ; il n'aurait pas dû parler de la faute de Carignan, ni de Mabinte, ni du petit canif… Il n'aurait pas dû croire que cet enquêteur blanc aurait de la sympathie pour l'assassin d'un autre Blanc. Il n'aurait pas dû penser…

— Les victimes de Félix Carignan viendraient témoigner, Sorie, tu crois ?

Il n'était peut-être pas un Blanc comme les autres Blancs, après tout.

— À quoi bon, puisqu'il est mort, Monsieur ?

— Pour justifier davantage votre état de vulnérabilité. Pour que les O.N.G. s'implantent dans la région au plus vite et que non seulement elles vous procurent les biens et les services de base, mais qu'elles vous protègent aussi des abus des gens comme Carignan.

— Je ne crois pas, Monsieur. C'est déjà une humiliation d'être pauvre, on n'y ajoutera pas celle d'avoir payé son statut de victime avec le corps de son enfant.

La chemise de coton se mit à peser lourd sur les épaules de Bastien. Il ne pouvait plus supporter cette étoffe pourtant légère, mais gonflée d'humidité. Il l'ouvrit d'un mouvement rapide et fébrile, arrachant presque les boutons, et il la jeta dans un coin de la pièce. Le répit ne se fit sentir que deux ou trois secondes, et la moiteur obsédante revint.

— Je sais qui a tué Félix Carignan, Sorie.

Le garçon ne bougea pas vraiment du coin de mur où il se tenait, mais ses sclérotiques blanches s'agitèrent au milieu de son visage noir.

— Monsieur ?

— Un pauvre malade du paludisme qui voulait des médicaments au dispensaire. Carignan ne pouvait lui venir en aide, puisque ses tablettes étaient vides.

— C'est possible, Monsieur.

— D'ailleurs, tu en as été témoin. Quand Carignan a refusé, l'homme, dans un accès de colère, délirant de fièvre, s'est précipité sur lui et l'a poignardé.

— Je m'en souviens vaguement, Monsieur.

— Tu as eu peur, tu t'es sauvé. L'homme a pris les clés et a filé au dispensaire pour constater son erreur. De rage, il a balancé les clés sur le cadavre.

— Maintenant que vous le dites, oui, c'est exactement comme ça que ça s'est passé. Vous êtes très intelligent, Monsieur.

— Bien. Inutile de poursuivre cet homme. Il y a longtemps qu'il a disparu dans la jungle.

— Et les O.N.G. peuvent venir s'établir sans problèmes, puisque ce meurtre n'est qu'un événement isolé. La région est sûre.

— Tu es très intelligent aussi, Sorie.

Ce chapitre a paru pour la première fois, sous forme de nouvelle, dans la revue Alibis *(numéro 4, octobre 2002).*

7: L'Africaine – Quatre

« Le vin est innocent, l'ivrogne seul est coupable. »
Proverbe russe

Hôtel Bouctou, Tombouctou, Mali

Manley, après quelques heures de repos, a repris la place de McComber. Ce dernier, suivi de Williams, est parti dormir dans la chambre voisine. Doherty, quant à lui, est resté sur le lit, le dos appuyé contre le montant de la tête. Mis à part qu'il frotte parfois ses yeux du bout des doigts, rien ne suppose qu'il puisse avoir sommeil. Le soleil n'est pas encore levé, mais on entend derrière la cloison les premiers véhicules de touristes qui partent pour les expéditions de l'aube. La chambre a fini par atteindre une température tolérable et, depuis le départ des deux agents, la fumée des cigarettes s'est estompée. Bastien est loin de paraître aussi frais que Manley ou Doherty. Des nausées dues à la fatigue et aux drogues viennent le secouer à intervalles réguliers et, chaque fois, il lutte pour ne pas vomir. De larges taches humides maculent ses cuisses, McComber ayant refusé de l'amener aux toilettes. Il empeste.

Manley, comme pour se réveiller tout à fait, prend le temps de se rafraîchir longuement le visage au lavabo de la salle de bains. Il tapote doucement sa joue qui bleuit en feignant de ne pas la remarquer. Il se mouche en jurant en anglais contre la poussière, puis revient au pied du lit. Il a pris soin de ramener trois cafés, mais celui de Bastien reste sur la table de nuit. En compagnie de Doherty, il mange du pain tartiné de marmelade, évitant d'en offrir à Bastien. Celui-ci s'en moque bien, à lutter contre ses haut-le-cœur. Quand il a terminé, Manley repousse les rognures de miche tombées sur les feuilles devant lui, pose le dossier complet sur ses genoux, puis regarde directement Bastien dans les yeux.

— On a un marché à te proposer, Bastien, dit-il du ton sympathique qu'il s'efforce d'employer depuis le début. On veut t'avoir comme partenaire.

— Je… Je n'ai pas le fric, répète Bastien pour la nième fois. Je n'ai jamais eu…

— On le sait, Bastien. On le sait. On voit bien que tu es aussi pauvre que le jour où tu es né. Un type qui aurait tout cet argent ne serait pas obligé de tenir un commerce minable de breloques à touristes.

Le Français lève ses paupières lourdes devant l'Américain. Il cherche à détailler les tics de son visage pour trouver quelles parts de vérité, de bluff, de mensonges et de suppositions baignent sa remarque.

— On sait que tu n'as jamais eu cet argent.

— Je vous aurais cru jusqu'à ce soir. Pourquoi m'avoir enlevé si ?...

— Israël y croit peut-être encore.

— Vous voulez me donner aux Juifs ?

— C'est une possibilité. C'est sûr qu'une fois entre les griffes du Mossad, ils vont te démolir jusqu'à ce que tu parles.

— Mais comme vous savez que je n'ai pas le fric...

— ... et que tu ne parviendras jamais à les convaincre, tu seras découpé en petits morceaux.

Manley fait une moue, croise les jambes et joint les doigts sur son genou. Bastien laisse retomber sa tête. Il s'en fout, d'Israël, du Mossad, de la C.I.A. Il veut dormir. Seulement dormir.

— À Washington, comme à Tel-Aviv, tu es encore fiché parmi les fugitifs. Même si tu n'es plus pourchassé activement, cet avis de recherche continue à peser lourd sur ton fonds de retraite.

— Qu'attendez-vous de moi, Manley ? demande Bastien en relevant la tête à demi. Vous vous préparez à attaquer les troupes de Séré. Vous avez pris entente avec le Mali, le Burkina, la Guinée et qui encore pour masser les Marines autour du pays et faire pression sur le gouvernement. Vous avez toujours négligé l'Afrique et voilà que vous y placez des pions dans les moindres alvéoles. Pourquoi ? Par empathie ? Voyons donc ! Après vous, le déluge. Pour faire un pied de nez aux Européens ? Peut-être. Mais pourquoi pas le pétrole de Séré, hein ? Ce pétrole récemment découvert, qui semble avoir réactivé vos fibres patriotiques.

— Le pétrole n'a rien à voir, dit Manley d'une voix presque sincère. Il y a trop de sang sur les mains de ce pourri. Il est temps qu'il cède le pouvoir.

— C'est bête de constater à quel point l'altruisme des Américains est directement proportionnel aux réserves de pétrole d'un pays.

Manley inspire bruyamment en jetant un œil en direction de Doherty. Ce dernier fixe le plafond en tortillant une mèche de ses cheveux du bout des doigts.

— On a besoin de toi, Bastien, reprend l'Américain en décroisant les jambes pour poser les deux mains à plat sur ses cuisses. Si tu acceptes de nous aider, on pourrait éviter la guerre. En retour, on te retire de la liste des personnes recherchées par le Mossad et la C.I.A.

— Je ne serai jamais un de vos agents. Vous ne me mêlerez pas à vos magouilles d'escrocs pitoyables. Même vos beaux discours colorés d'un peuple asservi, d'un dictateur sanguinaire et de libération ne me convaincront pas d'endosser vos idéaux maquillés. D'accord, Séré est une ordure, mais vous n'avez pas à envahir son pays, à faire souffrir davantage son peuple. Il existe des lois internationales, pliez-vous à ces ententes auxquelles vous avez adhéré.

— C'est écrit dans ton dossier : « idéaliste ». Je vais noter : « naïf ».

Bastien n'a même plus la force de hausser les épaules pour marquer son indifférence. Encore une fois, il laisse simplement son menton tomber sur sa poitrine. L'effort que demande chacune de ses répliques l'étourdit. La chambre bouge autour de lui comme s'il se trouvait à bord d'un navire par mer agitée. Les nausées reviennent, toujours plus fortes, mais il parvient encore à les réprimer.

— Tu connais bien Séré. Tu l'as approché.

— Il y a si longtemps ! murmure Bastien. Si longtemps !

— Seize ans. N'empêche. Ce fut pendant plusieurs jours.

Manley triture le rebord d'un sac de plastique posé sur le lit. C'est comme s'il voulait s'en saisir sans oser tout à fait.

— Tu pourrais le reconnaître ? demande Manley en avançant le visage vers Bastien pour tenter de saisir son regard. Tu saurais le différencier des sosies qu'il utilise pour semer la confusion ?

« Oh oui ! songe Bastien. Même dans le noir, même les yeux bandés, rien qu'à respirer l'odeur de sa peau de serpent, rien qu'à retrouver les intonations de sa voix. Il saurait, ça oui ! »

— Vois-tu, reprend Manley sans attendre de réponse, on ne veut pas répéter l'erreur commise avec ben Laden et Saddam Hussein. On ne veut pas qu'il nous échappe, même si on a le pays sous nos... même si on a libéré le pays. Ce qu'on recherche, c'est quelqu'un qui pourra le repérer, le reconnaître et l'abattre au moment où les troupes traverseront la frontière. Tu comprends ? Comme ça, le pouvoir s'effondre d'un seul coup, l'armée est désorganisée et se rend à nos unités. Pas de guerre, pas de casse, pas de victimes. Ou très peu. Ça devrait plaire à un idéaliste comme toi, un tel scénario, non ?

Bastien relève la tête un peu vite. La chambre part dans un pénible mouvement oscillant, mais il parvient à maîtriser son malaise.

— Je ne suis pas un assassin, dit-il. Même pour Séré. Même pour le pire des criminels. Je suis un enquêteur, pas un tueur.

— Ton aide pourrait sauver des centaines, des milliers, peut-être même des dizaines de milliers de vies.

— Je ne tuerai pas Séré pour vous.

Manley éternue en plaçant les deux mains jointes devant sa bouche.

— Saleté de sable, dit-il en se levant et en se dirigeant vers la salle de bains.

Il se mouche, en profite pour vider sa vessie, puis revient s'asseoir face à Bastien. Doherty n'a même pas quitté le plafond du regard. On dirait qu'il dort les yeux ouverts.

— Bob, dit Manley.

— *Yeah*, répond l'agent, signifiant du même coup qu'il est éveillé.

— *Untie his hands.*

Doherty tourne enfin la tête vers son supérieur.

— *You are sure*? demande-t-il.

— *Yeah. Go ahead.*

Hésitant encore une seconde, Doherty se lève lentement et se dirige derrière la chaise de Bastien. À l'aide de son canif, il coupe les liens une fois de plus. Les deux bras du Français se mettent à pendre le long de lui. Il lui faut un moment avant de les remonter sur ses cuisses et de se mettre à frotter ses poignets.

— O.K., Bastien, voici un compromis, reprend Manley en tendant les mains sur le matelas derrière lui pour s'y appuyer. Un tireur d'élite s'occupera du sale boulot. Toi, tu te tiendras simplement en contact radio. Ce qu'il faut, c'est quelqu'un qui puisse identifier la cible hors de tout doute. On ne veut pas abattre un sosie et signifier à Séré qu'on a envoyé des tueurs à ses trousses, tu comprends ?

— Ça fait trop longtemps, ment Bastien. Je ne pourrai pas l'identifier avec certitude.

— Qu'importe, dit Manley. Si tu l'approches suffisamment, lui te reconnaîtra. Ce n'est pas le cas de ses sosies, qui ne t'ont jamais vu. Sa réaction le trahira. Et puis, il y a ce bras invalide qui devrait te fournir un indice supplémentaire.

— Quel bras invalide ?

— Celui avec la balle de pistolet. Il n'a pas eu que le bras cassé. L'os a si bien éclaté qu'il a complètement détruit les nerfs autour. Son médecin personnel était d'ailleurs un incompétent de la pire espèce. Séré l'a récompensé avec un plomb de 38 dans la tête.

Manley se penche vers Bastien et se place volontairement à portée de ses poings pour lui exprimer sa confiance, créer un lien. Il lui donne une petite tape sur la cuisse.

— *Come on*, Bastien. Ce type est la pire ordure africaine depuis Amin Dada. Il est pire que Saddam. Tu as l'opportunité de nous aider à en débarrasser l'univers. Ne laisse pas ton orgueil priver l'humanité de cette bonne action.

Bastien relève la tête si prestement que Manley, d'instinct, a un mouvement de recul.

— Je n'ai rien à foutre de vos politiques d'hégémonie déguisées en guerres de libération ! crache-t-il d'une voix tremblante, marquée autant par la colère que par l'épuisement. Je n'ai rien à foutre de vos *Boys* qui vont mourir au combat. Je ne suis pas un tueur, *Mister* Manley, je ne suis pas un agent de l'Amérique. Fichez-moi la paix et trouvez un autre mouchard.

Manley retourne s'appuyer sur le lit en soupirant. Il se mordille les lèvres un moment, comme s'il réfléchissait profondément, mais peut-être n'est-ce que pour se donner une contenance. Il reprend le petit sac de plastique qu'il pose sur ses genoux.

— Je t'ai menti, Bastien.

Le Français garde la tête baissée, sans démontrer qu'il a entendu.

— Je t'ai menti, répète Manley. On n'est pas venus à ta rencontre comme ça, subitement, il y a deux jours. En fait, ça fait des semaines qu'on te cherche. Ça fait des semaines qu'on a envisagé de te mêler à notre scénario d'invasion. L'information qui nous est parvenue avant-hier est un coup de chance fantastique pour te mettre la main dessus. On avait fait quelques démarches auprès du gouvernement français pour tenter de te retracer, mais on a refusé de nous mettre sur ta piste. On a même refusé de nous permettre de te contacter à Djibouti ; tu es au courant de trop d'éléments qu'on ignore pour qu'on te permette de discuter avec la C.I.A., tu vois ? On ignorait même que tu tenais un bar, doublé d'un commerce de souvenirs, et que tu t'approvisionnais toi-même ailleurs en Afrique.

Bastien ne réagit pas. Manley poursuit.

— La D.G.S.E. nous a quand même fourni un peu d'infos sur toi, histoire de te disculper des fautes qui te sont reprochées. Mais, *Goddam !* qu'est-ce qu'on n'a pas fait pour tenter de te retracer !

— Pourquoi vous acharnez-vous autant sur moi ? rétorque Bastien en frottant sa blessure sur le côté de la tête. Pourquoi vous ne me foutez pas la paix, maintenant que vous savez que je n'ai rien à voir avec…

— Je te l'ai dit : tu es un élément clé de notre plan d'invasion.

— Vous aider serait pour moi une trahison envers la France. Ce n'est pas pour rien que la D.G.S.E. n'a pas voulu vous prêter main-forte pour me retrouver. L'Élysée ne veut pas vous voir en Afrique ; surtout pas en Afrique francophone. Je ne travaillerai pas pour vous, point final.

— Ni pour Sabine Fatimata Séré ?

Bastien se redresse tout d'un bloc en inspirant bruyamment. C'est comme si on venait de le saisir par les cheveux pour le soulever. Il ne peut masquer que sa poitrine vient d'exploser. Il ouvre grand ses yeux rougis pour regarder Manley. La chambre ne tourne plus, elle s'est tout simplement évanouie. Il n'y a plus autour de l'Américain et lui qu'un abîme flou, sans lumière, où plus rien n'existe que l'atroce certitude qu'un dernier souvenir, encore éludé, se prépare à surgir à son tour. L'ultime souvenir. L'ultime douleur.

— Par le biais de l'ambassade française, elle a contacté le consulat américain il y a trois mois, dit Manley en glissant la main dans le sac de plastique. C'est elle qui a avancé la première ébauche de ce qui deviendrait notre plan d'attaque. C'est elle qui a demandé de te lier à la stratégie.

— Mais ?... Non ! lance Bastien en se ressaisissant tout à coup. Impossible. Sabine croit que je suis un assassin. Que je suis... Si elle me recherche, c'est pour... pour...

Il allait dire « pour me faire prendre, me faire tuer ». Mais il se retient. Bien sûr que non ! Quelle que soit la déception ou la haine qu'elle entretient à son égard, jamais elle n'aurait demandé qu'on le mette à mal. Elle l'aime... ou l'a aimé. Sans doute autant qu'il l'a lui-même aimée.

— Non, répète-il, Sabine n'est pas mêlée à tout ça. Vous mentez.

— J'aimerais que tu lises ceci, dit Manley en lui tendant une feuille pliée en quatre qu'il vient de retirer du sac. Madame Séré – maintenant madame Cissé, une grande artiste de son pays –, nous a expressément recommandé de te remettre ce billet en mains propres. Bien sûr, nous l'avons lu au préalable – pardon pour l'indiscrétion –, et c'est pourquoi nous abondons aussi dans le sens qu'il est important que tu en prennes connaissance.

Bastien aimerait bien maîtriser ses mains, car elles tremblent tellement qu'il ne parvient pas à déplier la note. Il se moque bien de ce que pense Manley, il veut simplement réussir à déplier ce foutu bout de papier. Quand il y parvient, il constate qu'il s'agit d'une feuille à l'en-tête de la Maison de la culture, là où est abrité le théâtre, là où se joue également l'opéra. Sans doute Sabine a-t-elle griffonné la note à la hâte, un soir, après une représentation. L'écriture maladroite, aux lignes fluctuantes, trahit la précipitation avec laquelle les mots ont été tracés. Bastien ne reconnaît pas l'écriture. Il y a bien eu une note, seize ans plus tôt, mais ce n'était pas…

— Rien ne me prouve que ce mot vient de…

— Lis quand même, coupe Manley.

« Bastien, cher Bastien,

Je t'écris rapidement en espérant que cette note saura bien te trouver. Mieux que celle qui t'a trouvé, il y a plus de quinze ans. Que de temps écoulé! Que de rêves fracassés et emportés par l'Histoire ! Qu'Allah me pardonne ! j'ai été sotte. J'étais si jeune, aussi ! J'aurais dû écouter mon cœur, qui me poussait vers toi.

Mais j'ai peu de temps. Si tu lis ces lignes, c'est que les Américains t'ont retrouvé. Je t'en prie, écoute-les. Tu peux nous aider. Tu n'es pas l'unique solution, mais la meilleure. Mon pays a besoin de toi. J'ai besoin de toi.

Je suis mariée, maintenant, tu le sais sans doute. Les journaux font tant d'histoires avec les amours des artistes. Surtout les amours mal-heureuses. Je t'en prie. C'est une vraie prière. Délivre-moi.

Sabine. Ton Africaine. »

Les yeux de Bastien s'embuent à mesure qu'il parcourt le billet. Sur les dernières lignes, il parvient à peine à reconnaître les mots devenus troubles. Refoulant ses larmes avant qu'elles ne s'attaquent à ses joues, il abandonne la feuille en la jetant au plancher. Il cligne quatre ou cinq fois des paupières, pour les assécher, puis se racle la gorge avant de rétorquer à Manley.

— Vous êtes ignobles, dit-il. Vous croyez vraiment que je vais tomber dans ce panneau ridicule ? Vous avez intérêt à augmenter la dose dans votre seringue.

— Elle nous a aussi demandé de te remet-tre ceci, dit l'Américain sans se soucier du désaveu.

Il tend une petite boîte qui était demeurée dans le sac de plastique. Machinalement, Bastien ouvre le carton en continuant de grom-meler des injures. Il se tait d'un seul coup en apercevant ce qu'il renferme. C'est comme si un nœud venait de se refermer tout à coup sur sa gorge. Sa bouche s'ouvre non pas pour parler, mais parce qu'il ne parvient plus à la tenir fermée. Sa lèvre inférieure se met à trembler, tandis que ses yeux, cette fois, laissent répandre les cataractes qu'ils retenaient depuis le début. Ses épaules tressautent et il se recroqueville sur la chaise, cahoté par les sanglots.

Manley fait signe à Doherty, qui s'avance de nouveau avec son canif. Une fois les jambes libérées, Bastien se relève, soutenu par l'Américain.

— Viens, je te raccompagne à ta chambre, dit Manley. Maintenant, tu peux dormir et reprendre des forces. Dans quelques heures, le sale boulot nous attend.

8: Et Dieu perd son temps

> « Les disputes des seigneurs se lisent
> sur le dos des paysans. »
> Proverbe russe

(16 ans plus tôt)

Bobo-Dioulasso, pays Sénoufo ; Burkina Faso, Afrique occidentale

— Putain ! Mais, qu'est-ce que ?...

Le fouet en crin de cheval venait de claquer contre le tibia de Jérémie Moulin. L'homme n'en ressentit aucune douleur, mais sursauta vivement, puisqu'il n'avait pas vu venir le masque. Hébété, il fixa la silhouette grotesque qui s'éloignait.

Bastien venait de se placer à l'ombre d'un manguier, dont une racine crevait la base effondrée d'un mur en banco.

— Pour un ancien agent, tu as drôlement perdu la main, dit celui-ci en appuyant son dos contre l'arbre. Ça fait un moment que tu aurais dû le repérer.

— Tu l'avais repéré, toi ?

— Il y en a trois autres dans les rues adjacentes.

Moulin se retourna tout en tirant un mouchoir de sa poche. Pendant qu'il s'épongeait le visage, il nota des enfants et des adultes qui, à trois carrefours rapprochés, s'agglutinaient autour de formes couleur de chaume, qui virevoltaient en faisant tourbillonner au-dessus de leur tête un bâton ou un fouet.

— Ça alors ! laissa-t-il échapper. Qu'est-ce que c'est que ces énergumènes ?

— Des masques.

— Ce sont des sortes de clowns ?

— Ne sois pas bête, répondit Bastien. Ils représentent chacun un djinn bienveillant qui aide l'âme des défunts à quitter cette terre pour l'autre monde. Ce n'est qu'après une cérémonie avec les masques qu'un disparu peut réellement reposer en paix. Sans doute y a-t-il des funérailles dans les environs, et ils sont là pour chasser les esprits néfastes.

Bastien eut un sourire équivoque.

— Les masques entraînent la foule avec eux, poursuivit-il, et frappent les âmes nuisibles.

Moulin traversa à son tour la ligne d'ombre du manguier. Il ne regardait pas Bastien et faisait semblant de continuer à s'intéresser aux masques, qui poursuivaient leurs cabrioles dans les venelles voisines. Il considéra l'agitation coutumière des rues africaines : vendeurs assis à même le sol, passants désœuvrés, animaux errants, rigoles nauséabondes, poussière des passages sans pavés, débris divers qui couvraient le sol…

— Dois-je relever une allusion à l'épithète « nuisibles » ? demanda-t-il finalement en replaçant le mouchoir dans ses poches.

— Que vas-tu chercher là ?

Poussés par le soupir d'un harmattan paresseux, des sacs de plastique voletaient.

— Quel bled, tout de même ! dit Moulin.

— C'est toi qui n'as pas voulu qu'on se rencontre à ton bureau du Caire ; sois conséquent avec tes décisions. Viens à côté, j'ai repéré un boui-boui. Il y a des boissons fraîches et une terrasse couverte.

Autour d'une table branlante à la surface élimée, assis sur des chaises de patio démodées et prêtes à rendre l'âme, les deux Français avaient l'impression malgré tout de partager un moment fastueux en buvant des coca-cola glacés à l'ombre du toit de chaume. Un garçon aussi grincheux qu'un personnage de Bruegel s'était empressé de les servir avant de retourner s'accouder au comptoir pour somnoler. Ils étaient les seuls clients.

— Qu'est-ce que tu fous dans ce trou perdu ? demanda Jérémie entre deux gorgées.

— J'enquête sur le trafic d'enfants.

— Quel trafic d'enfants ?

Bastien pinça la racine de son nez entre le pouce et l'index, comme souvent lorsqu'il abordait un sujet qui l'irritait.

— Des magouilleurs font miroiter aux jeunes entre huit et dix-huit ans des revenus faramineux s'ils les suivent en dehors des frontières. En fait, les jeunes se retrouvent esclaves des grandes plantations de cacao de la Côte-d'Ivoire ou dans les mines d'or du Ghana. Des salaires promis, ils ne retirent que des broutilles… quand ils retirent quelque chose. Les seuls qui font leurs frais, ce sont les passeurs, des pourris sans scrupules.

— Il suffit d'aviser les enfants de ne pas suivre des inconnus. C'est une règle de base en sécurité.

— Mais non, ça c'est bon en Europe ou en Amérique, pas ici. Il y a une espèce de mythe séculaire, au Burkina comme au Mali, difficile à défaire : les villageois croient que leurs enfants feront fortune s'ils traversent la frontière. Toute aide est bienvenue, surtout celle d'un beau parleur qui leur fait miroiter un Eldorado voisin. On encourage même les gosses à partir.

— Ceux qui ne reviennent pas ou qui reviennent aussi pauvres qu'avant doivent pourtant démontrer la fausseté de cette croyance, non ?

— Rares sont ceux qui reviennent. Soit ils sont tués, soit ils se retrouvent coincés à l'intérieur d'un cercle vicieux où ils se voient obligés de rembourser pendant des années des dettes pour subsistance à leur employeur, soit ils ont trop honte pour revenir devant les leurs pour raconter les sévices dont ils ont été victimes.

— Bienvenue dans le tiers monde !

— Les filles sont abusées sexuellement ; les garçons, exploités au maximum de leur résistance. Travail, torture, faim sont leur lot quotidien. Je prépare un rapport pour *Help The World Of Children*, H.W.C., qui finance mon enquête avec l'aide de l'UNICEF.

— Te reste-t-il du temps pour une petite mission ?

En essuyant ses lèvres l'une sur l'autre, Bastien émit un léger claquement.

— Si c'est très payant, je ne dis pas non. Ça me permettrait d'investir dans d'autres enquêtes que j'aimerais mener suite à cette histoire, pour en faire un rapport plus complet, plus crédible, et je le publierais.

— Tu es devenu écrivain ?

— Je le remettrais à un journal, répliqua Bastien en se retenant de rire. Les journalistes trouveront les mots pour accompagner le rapport.

— Bien. Je ne sais pas si tu trouveras mon offre bien payée mais, en tout cas, elle l'est pour Séré.

— Séré ? Pas *le* Séré ? Le président-putschiste-général-dictateur-assassin du pays voisin ?

— Abdouhamane Ali Séré lui-même. La mission que j'aimerais te confier gravite autour de trois cent cinquante millions de dollars américains.

Bastien siffla en se laissant aller contre le dossier de sa chaise. Le serveur sur le comptoir bougea en grognant, irrité que le sifflement l'ait tiré de sa somnolence. Bastien reprit un ton plus bas :

— Les rumeurs se confirment donc ? Celles voulant qu'une nappe de pétrole au moins aussi grande que celle de l'Arabie Saoudite coule dans le sous-sol du pays ?

— Non, ces rumeurs sont sans fondement. Écoute, c'est Séré en personne qui a demandé l'aide de nos services. Pour financer sa guérilla contre les mouvements prodémocratiques du pays, il a détourné des diamants sierra-léonais qui transitaient par sa frontière. La C.I.A., acoquinée avec des organisations juives américaines qui putassent avec le gouvernement de notre gentil général, a déjà procuré les fonds. Séré a demandé au gouvernement français, ancien colonisateur avec qui il se sent certaines accointances, de servir – discrètement, ça va de soi – d'observateur. Il voudrait un témoin neutre affirmant sa bonne foi si jamais les cailloux disparaissaient avant qu'ils ne soient officiellement entre les mains des Juifs.

— Pourquoi la France se lie-t-elle à ce pourri aux mains si rouges de sang que même l'Atlantique ne suffirait pas à les laver ?

— La France appuie le gouvernement de
Séré, qui tient tête à l'hégémonie soviétique
dans cette région de l'Afrique.

— Au diable, les Soviétiques ! Leur empire
s'effondre. Encore quelques mois et tu verras, ils devront s'ouvrir au reste du monde.
Même Brandebourg deviendra un simple
tourniquet.

— Ouais, mais pour le moment, on n'en
est pas là. Alors, c'est le marché que je te pro-
pose ; ta mission est donc de tout repos. Tu
surveilles, tu notes, et tu ne témoignes qu'au
cas où ça merde.

— Pourquoi vous n'utilisez pas un agent
de la D.G.S.E. ?

— Pour deux raisons. D'abord, Séré lui-
même a demandé à notre gouvernement que
tu serves d'intermédiaire.

— Moi ? Choisi par Séré lui-même ? Il
me connaît ?

— Ton nom circule dans les milieux humanitaires. Je suppose qu'il a aimé tes inter-
ventions.

— Tu parles ! Dès que j'ai une tribune, je
m'empresse de cogner sur les gouvernements
antidémocratiques. Il n'y a pas échappé.

— On ne pourra donc t'accuser de le protéger s'il arrive un pépin en cours de route.
Ton témoignage vaut son pesant d'or... de
diamants, je veux dire. N'oublions pas non
plus que tes enquêtes fructueuses et désin-

téressées pour divers organismes t'ont donné une bonne crédibilité. (Il fit une moue, puis poursuivit :) J'ai reçu d'excellents rapports te concernant, venus de plusieurs sources indépendantes.

— Tu fais des enquêtes sur moi, maintenant ?

— J'enquête sur tout ce qui me paraît suspect.

— Dans ce cas, tu devrais t'intéresser à ton embonpoint. La deuxième raison de ne pas utiliser un salarié de la D.G.S.E., c'est quoi ?

— Éviter de brûler l'un de mes agents si jamais il a à témoigner, ou si les Amerloques apprennent que la France est mêlée à l'histoire. Comme il ne s'agit pas d'un baroud, mais d'un simple travail d'observateur, je n'ai pas non plus besoin d'un gorille armé.

Bastien émit un petit rire en avalant le reste de sa bouteille.

— À t'entendre, on croirait que les bouffeurs de Ketchup sont ennemis et non alliés de la France.

— Ils sont alliés parce qu'ils nous ont aidé à libérer la France des Nazis et parce qu'on leur a permis de gagner leur révolution contre les Anglais. Ils sont alliés parce qu'on a besoin les uns des autres contre les Soviétiques. Mais quand arrivera l'effondrement du Bloc, comme tu le prévois, ils se croiront les maîtres du monde. Alors, pas question de trop leur ouvrir notre jeu. Pigé ?

— Pigé. C'est combien ton offre ?

Pays du président Abdouhamane Ali Séré Afrique occidentale

Abdouhamane Ali Séré était plutôt grand, avec des épaules larges, des bras puissants et un torse sculpté par l'entraînement militaire. Son ventre présentait un début d'embonpoint, mais ses fonctions sédentaires d'homme politique étaient encore trop récentes pour avoir véritablement attaqué sa silhouette athlétique. Toujours coiffé d'un imposant chèche de tissu chatoyant, assorti à des boubous raffinés, il se démarquait, en force et en grâce, au milieu des hauts gradés qui ne le quittaient jamais d'une semelle. Son visage de cacao affichait des traits fins, un nez légèrement épaté, des lèvres généreuses, et se parait de dents parfaitement alignées, à la blancheur impeccable. Il les dévoilait avec parcimonie, même lorsqu'il parlait avec emphase pendant ses discours-fleuve, ou quand il adressait l'un de ses rarissimes sourires. Il accueillit Bastien en serrant mollement sa main tendue.

Dans le salon personnel du président, où il ne recevait qu'en de rares occasions, des draperies aux tissus précieux couvraient les murs. Elles illustraient des cavalcades de dromadaires et des scènes de nomades parcourant un désert infini. Pour un homme dont la religion interdisait toute représentation artistique d'un sujet vivant, humain ou animal, il s'agissait là d'une ouverture non négligeable. Sur le sol, couvert de tapis brodés de complexes fioritures dorées, des coussins damassés permettaient aux invités de s'asseoir. Un bahut sculpté d'arabesques et une table basse représentaient les seuls meubles. Aucune femme ne défila dans le salon ; le thé et le tabac des narguilés furent servis par des valets masculins.

Bastien était le seul Blanc de l'assemblée. Quand il prit place sur son coussin, il était entouré, outre le président et les deux colonels qui lui servaient de gardes du corps, du général Omar al-Husseini, ministre des Services de renseignement militaire et de la sécurité d'État, le S.R.E.M.I.S.E., et de deux agents des services secrets du pays. Chacun tirait sur le tuyau d'une *shisha*, une pipe à eau, et fumait un tabac à saveur de pomme ou de miel. Le glouglou des flacons d'eau parfumée s'entendait par-dessus l'air que brassaient les pales des ventilateurs au plafond.

— Monsieur Tournier, dit le président en s'adressant à Bastien, permettez-moi de vous présenter l'élite de nos services de sécurité.

Il avait usé d'un ton calme qui jurait avec les emportements enflammés de ses discours. Bastien, qui ne connaissait de lui que ses apparitions à la télévision, en fut étonné. Il nota aussi un petit soubresaut du sourcil droit, presque imperceptible, chaque fois que Séré cherchait à se montrer désinvolte. Un tic hérité sans doute d'une vie parsemée de peurs et de combats, de trahisons et de complots.

— À votre droite, je vous présente le capitaine Salia Sounfountera et, à votre gauche, le major Boubacar Dolo. Tous les deux ont prouvé à maintes reprises le courage qui les habite ainsi que leur loyauté envers notre patrie bien-aimée. (Puis, poursuivant à l'intention de ses agents :) Monsieur Tournier se trouve parmi nous afin de servir de caution en cas de… d'événement malheureux. Il va sans dire que nous apprécions grandement sa contribution et celle de la France.

Avec humilité, Bastien inclina le menton. Séré fit signe au colonel à sa droite, et celui-ci se dirigea aussitôt vers l'une des draperies suspendues sur les murs. Il en releva un pan, qu'il attacha à un cordon pendant à proximité, et dégagea la porte entrouverte d'un coffre-fort. Il en retira une mallette, visiblement lourde, qu'il souleva à deux mains. Il vint la remettre à Séré. Le président l'accepta dans une attitude un peu trop solennelle pour ne pas paraître théâtrale. Visiblement, il posait pour ajouter de l'impact à ses préliminaires. Il déverrouilla les serrures, puis tourna l'ouverture en direction des quatre hommes face à lui. Sans un mot, d'un mouvement retenu comme pour faire durer l'attente, il souleva le couvercle. Le tic du sourcil se fit plus évident.

Sous la lumière des plafonniers, le contenu de la valise s'illumina aussitôt : éclat givré du quartz diamantaire, mêlé au poli sombre du graphite et des agrégats de kimberlite. Tous les hommes, hypnotisés, fixaient la fortune qui trônait sur les genoux du président. Aucune pierre n'était plus grosse que la moitié de l'ongle du petit doigt, mais chacune d'elle valait la solde annuelle des officiers présents.

— Votre rôle à tous, dit Séré, consistera à faire transiter cette valise de nos frontières à Tel-Aviv, sous le couvert d'une mission à Djibouti. De là, un avion des Forces armées américaines vous emmènera en Israël. Dans le secret, nous avons intoxiqué certains agents doubles avec l'information – fausse – que c'est une équipe de revendeurs suisses qui prendra livraison des pierres. La date avancée est le lendemain de votre départ. Le bluff sert à déjouer les plans des mouvements d'opposition à l'étranger qui cherchent à connaître nos sources de financement. S'ils venaient à découvrir les origines sierra-léonaises de notre approvisionnement, ils ameuteraient l'opinion publique, alors que nos fournisseurs ont déjà suffisamment de problèmes avec leur notoriété criminelle. Vos déplacements se feront donc dans la plus grande discrétion afin de ne pas éveiller non plus les soupçons de nos ennemis communistes – qui, eux aussi, cherchent à découvrir nos sources de financement – et de ne pas froisser nos puissants alliés arabes, qui n'aimeraient pas apprendre que nous frayons avec les riches diamantaires juifs.

Le président désigna le ministre du S.R.E.M.I.S.E. d'un élégant mouvement de la main.

— Le général al-Husseini vous donnera tout à l'heure les détails relatifs à la mission, tels le moment du départ, les routes à suivre, les lieux de rendez-vous, etc. Mémorisez bien chaque détail, car aucun écrit ne vous sera remis. Des questions ?

Seul le glouglou des *shisha* répondit à l'interrogation. Les hommes avaient toujours le regard fixé sur les pierres.

— Bien, dit le président en refermant la mallette et en brusquant leur torpeur. Ce soir, vous êtes tous conviés à une réception donnée officiellement en l'honneur du succès de ma nièce à l'opéra, mais qui, officieusement, est pour accueillir les revendeurs suisses. C'est ce que croiront les mouchards.

Il dévoila légèrement les dents dans une ébauche de sourire, ce qui sembla lui demander un effort notable. Il regardait surtout Bastien.

— Je dois bien consentir à quelques frivolités si je veux plaire à mes alliés occidentaux, dit-il.

Puis, sur un ton plus sérieux, il poursuivit :

— Il y aura tout le gratin des ambassades étrangères, y compris celles de l'U.R.S.S., de la Grande-Bretagne et des États-Unis, qui s'échangeront des civilités. La grande classe, même pour un pays africain. Enfin, disons que de façon encore plus officieuse, la réception visera à vous remercier, vous, de votre implication au maintien de l'ordre dans ce pays. Messieurs... (Il avait ouvert les bras dans un geste un peu moins protocolaire :) À ce soir !

— Allô.

— Allô, Laurence. C'est Bastien.

— Hé ! C'est mon enquêteur préféré, ça ! Mais où tu es, Bon Dieu ?

— Mission secrète, désolé. Je serai de retour dans environ une semaine.

— Loin de toi, ça me paraîtra une éternité.

— Tu dis ça à tous les mecs qui dépannent ta voiture. Comment ça va au *Help The World Of Children*?

— Les potins habituels.

— Pas les employés ou les volontaires ; je veux dire les dossiers.

— La même merde. En pire, même.

— Sérieux ?

— Ouais. Trente gosses disparus entre le Burkina et la Côte-d'Ivoire. Pfut ! Envolés. On n'a même pas retrouvé le bus.

— Avec le bus ? Ce n'est pas coutumier, ça.

— On dirait que les passeurs ont trouvé une nouvelle route.

— Dis plutôt que les douaniers ont reçu un meilleur bakchich.

— En tout cas, le dossier est sur ton bureau… avec tous les autres.

— Je ne chômerai pas à mon retour.

— C'est ce qui arrive quand on se permet des vacances.

— On dirait que je te manque pour de vrai.

— Sitôt ta « mission » expédiée, tu ramènes ton beau petit cul, d'ac ?

— Ça réconforte de se sentir autant apprécié. Je suis content d'avoir appelé.

— À bientôt, mec.

— Au revoir, Lau.

En apercevant la jeune fille la toute première fois, Bastien comprit qu'elle était différente. Différente par cette manière un peu juvénile qu'elle avait de s'exprimer en soulevant les sourcils, chaque fois qu'elle usait d'une inflexion ascendante ; par cette façon de répliquer à son interlocuteur, en haussant légèrement les épaules comme pour mieux affirmer ses dires ; par sa petite main aérienne qui s'animait pour mieux illustrer sa pensée. Mais ce qui séduisait Bastien par-dessus tout était ce déhanchement appuyé du corps lorsqu'elle se déplaçait. Il n'avait pas alors l'impression qu'elle marchait, il lui semblait qu'elle ondulait. En elle, il trouva une gemme noire, plus lumineuse et plus riche que tout le contenu de la mallette de Séré.

Il se félicita de n'avoir pas cédé à sa première intention, qui était de ne pas se présenter à la réception. En geste de protestation discrète aux politiques de Séré, s'était-il dit. Afin de ne pas se sentir impliqué dans le « maintien de l'ordre dans ce pays ». Mais la vision rafraîchissante de la nièce du président, qui surnageait au milieu des mines guindées des diplomates, venait de souffler tous ses scrupules. Les œillades qu'elle lui jetait à la dérobée depuis un moment n'étaient pas étrangères non plus à son trouble. Se pouvait-il qu'une telle splendeur s'intéressât réellement à lui ? Ils avaient quoi, dix, quinze ans de différence ? Peut-être n'était-elle que curieuse de connaître l'identité de ce Blanc esseulé qui errait au milieu des habitués du palais présidentiel. Quand elle s'avança vers lui, il sentit ses jambes mollir et se retint de toutes ses forces au verre de champagne qu'il portait à ses lèvres.

— Bonsoir, dit-elle d'une voix argentine qui étouffait tous les bruits ambiants, comme le violon s'impose à l'orchestre dans un concerto. Je m'appelle Sabine Séré. Vous êtes Monsieur ?

— Bastien Tournier, Mademoiselle, répondit-il en serrant le bout des doigts qu'elle lui présentait. Je suis honoré de rencontrer l'artiste qui a connu un si grand triomphe à l'opéra.

Elle lui jeta un sourire ravageur, et il eut l'impression que ses genoux étaient devenus la base d'un monument dont on venait de faire sauter le socle.

— Vous avez assisté à l'une des représentations, Monsieur Tournier ?

— Non, j'ai horreur de l'opéra. (Il regretta aussitôt sa franchise et poursuivit rapidement :) Mais on m'en a parlé.

Elle éclata d'un rire sincère qui, pendant une seconde, fit tourner toutes les têtes dans leur direction. Bastien se racla la gorge et cacha sa gêne, une fois de plus, dans sa flûte à champagne.

— Merci de ne pas me mentir, Monsieur Tournier.

— Pardon de ne pas vous avoir menti, répliqua-t-il.

Dans la chaleur un peu moite de la capitale, son veston de polyester commençait à lui peser. La jeune fille y posa le bout des doigts, dans un toucher à peine perceptible, et il ne lui sembla plus porter qu'une soie délicate.

— Vous m'accompagnez au balcon ? Toute cette fumée de tabac et tous ces bavardages m'étourdissent un peu. J'ai envie de respirer de l'air frais.

L'air de la métropole africaine était tout sauf frais. Malgré la soirée déjà avancée, malgré les halètements toujours perceptibles d'un harmattan tardif, la chaleur du jour n'en finissait plus de se réverbérer. Elle émanait, insistante, du macadam des rues et du ciment des habitations. Entre les avenues violemment éclairées qui menaient au palais présidentiel et les statues illuminées qui honoraient la mémoire de quelques héros du pays, peu de lumières allumaient la ville. Ici, la marque d'un vendeur de voitures allemandes ; là, l'enseigne d'un important vendeur de matériel électronique japonais ; là encore, frappé par le halo jaune d'un projecteur, un panneau vantant les mérites d'une marque de condoms.

— Vous aimeriez un verre de champagne ? s'informa Bastien, rendu mal à l'aise par le mutisme soudain de la jeune fille.

— Non, répondit-elle avec un petit trémolo provoqué par l'amusement. Si mon oncle tolère que j'expose mes cheveux, mon visage et ma gorge, sur scène et dans ses réceptions, il ne permet pas que les musulmans qui l'entourent s'abandonnent à l'alcool. Mais j'accepterais volontiers un verre de jus de fruits.

Bastien retourna dans la fumée et les bavardages pour se procurer la boisson demandée. Pendant les quelques secondes que dura son absence, il se surprit à craindre qu'un autre convive prenne sa place auprès de la jeune fille, qu'elle s'intéresse à la conversation d'un autre homme… qu'elle oublie déjà sa présence. Il réprima une colère inattendue, venue d'il ne savait où, comme s'il découvrait tout à coup en lui-même un puits insoupçonné ; un puits rempli d'une eau empoisonnée.

L'image l'effraya et il s'empressa de la rejeter. Il retrouva Sabine seule, accoudée au balcon.

— Vous connaissez mon oncle ? demanda-t-elle, tandis qu'il lui tendait le verre.

Il la regarda tremper les lèvres dans le jus de fruits et ne put s'empêcher d'évoquer en pensées ses propres lèvres soudées à cette bouche. Il dut faire un effort véritable pour répliquer avec détachement.

— Pas vraiment, parvint-il à répondre sans savoir si son trouble transparaissait. Je suis ici un peu par hasard ; je suis délégué commercial. Ma compagnie m'a demandé de la représenter à cette réception.

— Vous savez quoi, Monsieur Tournier ?

Ses grands yeux reflétaient la lumière d'une lampe éclairant un général en bronze. Maintenant qu'il osait davantage scruter les détails de son visage, Bastien s'étonnait de découvrir que la jeune femme n'était pas forcément jolie. Ses pommettes étaient trop hautes ; ses arcades sourcilières, trop prononcées ; son nez, trop épaté... Mais sans doute était-ce l'harmonie de tous ces traits réunis qui la rendait attirante, comme les notes dissonantes qui prennent leur légitimité dans la partition complète et non pour elles-mêmes.

— Non, je ne sais pas, Sabine. Dites-moi.

C'était la première fois qu'il prononçait son prénom et cela lui fit tout drôle.

— Je crois que le commerce m'ennuie autant que vous, l'opéra.

Il éclata de rire, un peu trop fort, lui sembla-t-il.

— On n'est vraiment pas faits l'un pour l'autre, blagua-t-il.

Elle rit à son tour, puis demanda :

— Vous êtes marié ?

— Non.

Il baissa les yeux et trouva ridicule de se sentir gêné, alors que la jeune fille poursuivait, parfaitement à l'aise :

— Pas de petite amie non plus ?

— Je suis trop vieux, maintenant.

Elle rit de nouveau, avec ce petit mouvement des sourcils qui la caractérisait.

— Vous l'avez déjà été ? Je veux dire, marié ? Vous avez des enfants ?

— Non et non.

Elle fit une petite moue qui pouvait tout aussi bien signifier « tant mieux » que « je m'en fiche ». Il n'arrivait plus à penser correctement ; il se sentait déséquilibré par l'intérêt qu'elle semblait lui porter. Cela lui rappela ses années de collège quand les filles prenaient l'initiative de le séduire.

Comme Sabine se retournait pour s'accouder de nouveau à la balustrade du balcon, quelqu'un l'appela de l'intérieur. La femme d'un ministre. Avec son index, Sabine lui signifia de patienter un instant.

— Je vous reverrai demain ? demanda-t-elle à Bastien.

— Qu'il y a-t-il demain ?

— Une représentation musicale privée au palais, où je chanterai accompagnée d'un pianiste.

— Je n'ai pas été invité.

— Vous recevrez l'invitation. Donnez-moi quelque chose qui vous appartient.

— Quelque ?... Mais quoi ?

— Je ne sais pas, dit-elle en relevant les sourcils plus haut encore, visiblement amusée de sa propre facétie. Un petit quelque chose que je vous redonnerai demain. Rien que pour m'assurer que vous viendrez m'écouter chanter.

En riant, il porta les doigts derrière son cou. Il détacha une cordelette qui retenait un cauri monté sur un pendentif de cuir.

— C'est le cadeau d'un ami, dit-il en le lui remettant. J'y tiens beaucoup.

— Je promets de vous le rendre… quand je vous reverrai.

Et elle s'éclipsa de ce déhanchement ondulant. Bastien souhaita ne pas être invité, car il savait qu'il n'aurait pas la force de refuser.

Bastien revint vers ses quartiers en suivant la promenade dallée. Il marchait en saluant d'un air distrait les autres invités qui, comme lui, quittaient l'aile des salons du palais. La majorité était des Noirs du pays, ministres nouvellement assermentés, militaires récemment promus, accompagnés de leur épouse ou entre eux. Chacun bombait le torse, saluait d'une manière ampoulée, s'inventant une aristocratie, un nom, se figurant un pouvoir que leur donnait la simple bonne fortune de s'être trouvé du côté du vainqueur lors du putsch. Comme tous les seigneurs, ils se croyaient au-dessus des petites gens ; comme tous les nouveaux riches, ils cherchaient à se farder d'un enduit de noblesse qui masquait les rides de leur naissance humble. Plusieurs – Bastien pouvait les nommer – cherchaient aussi à effacer les longues traînées de sang qu'avait tracé leur passage vers les sphères du pouvoir.

— Monsieur Tournier ?

Un militaire, vêtu de l'uniforme des gardes républicains, venait de surgir d'un passage ombragé. Il salua sans conviction d'un mouvement de la main à la hauteur des sourcils.

— Le capitaine Sounfountera dit qu'il vous attend près du Monument à la Liberté, Monsieur.

Bastien s'étonna une seconde.

— Le capitaine ?... Pourquoi ?

— Je l'ignore, Monsieur.

— Où est-ce ?

— Par là, Monsieur, dit le garde en désignant l'étroit sentier d'où il arrivait. La lumière derrière le mur de cèdres éclaire la sculpture.

Bastien s'engouffra entre les branches parfumées d'un niaouli, mais quitta rapidement la sente pour atteindre le lieu de rendez-vous par derrière. Le capitaine Sounfountera, vêtu en civil, avait appuyé une fesse contre l'un des piliers décoratifs qui entouraient le monument et observait le débouché dans le mur de cèdres en semblant s'impatienter.

— Capitaine ?

Ce dernier sursauta légèrement en portant, dans un réflexe, la main droite à la hauteur de sa poitrine, là où le pistolet faisait une bosse.

— Vous êtes bien nerveux, dit Bastien.

— On le serait à moins, répliqua le capitaine sans paraître amusé. Où étiez-vous ?

— Mais pas très loin ; ici à côté. Pourquoi avoir envoyé un garde me chercher alors que ?... (Il agita brièvement la main à la hauteur du visage.) Peu importe. Qu'il y a-t-il ?

Sans répondre, Sounfountera tendit à Bastien une arme dans son étui. La lumière crue du projecteur sur le monument découpait les traits de son visage en tesselles contrastées et renvoyait de ses yeux deux orbites totalement noires.

— Vous êtes en retard, dit-il d'un ton bourru, et sans paraître avoir entendu la question. Voici votre pistolet. Il est chargé.

— En retard de quoi ? Et pourquoi dois-je me balader armé ?

— C'est vous qui demandez ça ?

— Oui. Pourquoi ?

Sounfountera renifla en se donnant un air désinvolte.

— Bon. De toute façon, il vaut mieux que nous nous protégions. On ne sait jamais qui peut avoir eu vent de notre… travail. C'est un mauser 7,63 ; ça se dissimule bien dans le veston.

— J'ai remarqué tout de suite le vôtre.

— Le mien est un parabellum 9 mm. Je n'aime pas les petits calibres. Besoin de rien d'autre ?

Bastien passa les bretelles de l'étui sous son veston.

— Non, rien, répondit-il en soupesant l'arme et en vérifiant le mécanisme. Et maintenant ? Vous ne m'avez quand même pas fixé ce rendez-vous rien que pour me remettre un pistolet.

Sounfountera demeura interdit une seconde.

— C'est vous, Monsieur Tournier, qui m'avez demandé de vous retrouver ici et de vous confier une arme.

— Pas du tout. Un garde répub…

Un bruit sec, presque inaudible, retentit derrière Bastien. Au même instant, la tête de Sounfountera fut projetée vers l'arrière, son bassin effectua une légère torsion et il s'écroula tout d'un trait, mort avant même d'avoir touché le sol. À la même seconde et d'un seul mouvement, Bastien plongea au sol en dégainant le mauser de son étui tout neuf. La tête dans les aliboufiers, il roula jusqu'au monument pour se mettre à l'abri et tenta de repérer au bout de sa mire la silhouette éventuelle du tireur. Un froissement de branches agitées attira son attention à droite, et il n'eut qu'une fraction de seconde pour distinguer une paire de jambes au pas de course. Au moment où les deux balles quittaient le canon de son pistolet, il sut qu'elles n'atteindraient pas leur cible. Il attendit encore quelques secondes, puis tira une troisième cartouche dans le projecteur en face du monument. Dans l'obscurité soudaine, il quitta sa cache pour se fondre dans le feuillage des arbres du jardin.

— Est-ce le même garde ?

Bastien regardait le visage encore crispé de peur que le jeune soldat affectait au moment de mourir. Sans doute, dans son ultime vision, avait-il découvert le canon pointé dans sa direction.

— Oui, c'est bien lui.

Séré se redressa en inspirant bruyamment. Il regardait autour de lui, les narines dilatées, comme s'il reniflait l'air ambiant, cherchant les effluves de l'ennemi qui rôdait. Il n'affichait aucune peur.

— Et le capitaine Sounfountera ? demanda-t-il.

— Par là. Près du Monument à la Liberté.

Aucun geste ne vint trahir l'intention de Séré de vouloir s'y rendre. Il demeurait campé sur ses jambes bien droites, le menton relevé, ses yeux perçant la nuit. Il paraissait encore plus grand dans cette attitude farouche, les épaules en arrière, les poings à demi fermés. Son boubou luxueux jurait sur lui, pareil aux atours d'un paon sur le dos d'un tigre. En cet instant précis, seul son treillis militaire de général putschiste aurait pu lui seoir.

— Puis-je voir votre arme, Monsieur Tournier ?

— Bien sûr, Monsieur le Président, répliqua Bastien en tendant le mauser dans le creux de sa main, le canon vers lui.

— Il manque trois balles.

— Les deux balles que j'ai tirées en direction du fuyard, Monsieur, et celle dans le projecteur.

Les yeux de Séré vrillèrent ceux du Français un instant, puis le pistolet revint dans ses mains.

— Omar, dit-il en se retournant vers le ministre du S.R.E.M.I.S.E., faites disparaître les deux corps. Pas un mot aux familles. Convoquez-moi également le major Dolo, impliqué dans la mission avec monsieur Tournier. Je veux tout le monde dans mon salon personnel dans dix minutes.

— Bien, Monsieur le Président.

Bastien était de retour dans la salle aux riches tapis. Sur les coussins, les mêmes personnes que lors de la rencontre initiale moins, bien sûr, le capitaine assassiné.

— Salia avait-il des ennemis ? demanda Séré en s'adressant à al-Husseini, mais en lorgnant en direction de tout le monde. Je veux dire des ennemis le haïssant à ce point et assez puissants pour l'attaquer dans les jardins du palais présidentiel ?

— Quelques malfrats de bandes rivales à la sienne, répondit aussitôt le général, qui s'attendait à la question. Mais, à ma connaissance, personne de plus puissant.

— Cet assassinat peut-il être lié à la mission dont on vient de le charger, ou n'est-il dû qu'au hasard ?

— À ce stade, toutes les hypothèses sont à retenir.

Bastien prit la parole.

— Le capitaine m'a dit que c'était moi qui lui avais donné rendez-vous, alors que ce n'était pas le cas. C'est comme si…

Bastien laissa sa phrase en suspens, les yeux sur les broderies d'un tapis qu'il ne distinguait pas vraiment. Il hésitait.

— Comme si ? insista al-Husseini.

— Comme si c'était plutôt moi qui était visé. Moi qu'on avait cherché à attirer dans un guet-apens.

— Et le capitaine se serait pris une balle perdue ? hasarda le général.

— Avez-vous un mobile qui pourrait nous éclairer ? demanda le major Dolo.

— Non, répondit Bastien. Sincèrement, je ne vois pas.

— Messieurs, commença le président…

Il ouvrit les bras encore de cette manière un peu théâtrale pour indiquer qu'il s'adressait à tous.

— Attendons de plus amples indices. Si nous annonçons la mort du capitaine, si nous déclenchons une enquête, nous risquons d'ameuter un ennemi encore dans l'ignorance de votre mission secrète. Il ne reste que deux jours avant votre départ. D'ici là, nous garderons le silence sur tout détail risquant de tourner l'attention vers vous. Nous ne mêlerons pas d'agent de remplacement à votre mission. Les fonctions confiées à notre officier regretté seront réparties entre chacun de vous. Des questions ?

— Monsieur le Président, commença Bastien, j'aimerais aviser mes supérieurs de la situation.

Séré le regarda en inspirant longuement, comme s'il cherchait à contenir le débit de sa réponse. Mais peut-être aussi, n'était-ce que pour réfléchir à la demande. Bastien chercha le soubresaut du sourcil, qui ne vint pas.

— Permission refusée, Monsieur Tournier, pour les raisons que je viens d'invoquer. (Puis, à al-Husseini :) Je ne tiens à modifier aucune activité à mon horaire pour les deux prochains jours. Je le répète : même les familles du capitaine et du garde ne doivent pas apprendre la mort de leur proche avant ce délai. Trouvez les excuses de circonstance auprès de leur épouse. La seule rectification à apporter est d'augmenter la garde autour du palais lors de la représentation musicale de demain. Faites circuler la rumeur qu'un diplomate a reçu des menaces.

— Vous êtes certain de ne pas vouloir reporter cette réception, Monsieur le Président ? demanda le général.

— J'ai dit : aucune modification à l'horaire.

Bastien embrassa la jeune fille directement sur les lèvres et y trouva un goût discret de mangue. Elle rouvrit les yeux en même temps que lui, blottit son visage contre son épaule, et il la tint serrée un moment contre sa poitrine. Puis, dans une connivence muette, ils relâchèrent leur étreinte et marchèrent simplement dans l'allée du jardin en se tenant par la main, les doigts imbriqués les uns dans les autres.

Le soir était comme tous les soirs, mais il paraissait davantage doux et frais. Des bougainvillées, chargées de fleurs, leur coupaient parfois le passage et ils devaient quitter le sentier dallé, le temps de quelques pas sur l'herbe. D'autres invités, à l'occasion, une seconde surpris de les rencontrer ainsi, les saluaient d'un mouvement de tête, puis disparaissaient derrière eux. Nul n'osa adresser la parole à la jeune fille, comme pour ne pas se retrouver complice d'un comportement que son oncle n'approuvait peut-être pas.

Bastien nota que les gardes étaient beaucoup plus nombreux à patrouiller entre les allées du jardin, bien que la nouvelle des deux assassinats de la veille ne se soit pas répandue. Visiblement, les directives de Séré avaient été suivies.

— Bastien, commença Sabine après un moment, vous… tu as dû connaître beaucoup de femmes, n'est-ce pas ?

— Pourquoi tu demandes ça ? fit-il, sincèrement surpris. Je parais donc si vieux, après tout ?

Pendant une seconde, en riant, elle colla sa joue contre son bras.

— Non, mais tu es… Enfin, tu voyages, tu es beau, tu es fort… Tu as l'occasion de rencontrer des gens… Les filles doivent… Tu vois ?

Il y avait une statue très récente de Séré, où le président, d'une main volontaire, pointait la direction menant à la prospérité du pays. Son chèche laissait flotter derrière lui un voile figé dans le bronze. Quand Bastien et Sabine eurent contourné le socle, Abdouhamane Ali Séré les accueillit en personne. Il était accompagné du général al-Husseini et, plus discrètement, à quelques pas derrière, de ses deux gardes du corps. Dans un réflexe, Bastien tenta de retirer sa main, mais Sabine garda les doigts bien serrés.

— Oh ! Bonsoir, ma chérie, dit le président sans paraître noter leur proximité. Justement, ta camériste te cherchait. Bonsoir, Monsieur Tournier.

Bastien abandonna la main de Sabine pour serrer celle de Séré.

— Bonsoir, Monsieur le Président.

— Tu fais attention à ne pas prendre froid, n'est-ce pas, ma chérie ? s'inquiéta Séré en s'assurant que le châle de la jeune fille couvrait bien sa gorge et ses épaules. Il ne faudrait pas attraper un refroidissement juste avant une représentation.

— Je prends garde, mon oncle, ne t'en fais pas, répliqua-t-elle d'un ton indulgent.

— Bien. Maintenant, abandonne la compagnie de ce charmant représentant de mission commerciale et dépêche-toi de rejoindre ta camériste avant qu'elle n'ameute les services secrets et les envoie à ta recherche.

Sabine émit ce petit rire qui rendait Bastien fou d'elle.

— Encore dix secondes, mon oncle, et je te promets d'aller la retrouver.

— Bien, fit Séré en les abandonnant. À tout à l'heure. Monsieur Tournier.

— Monsieur le Président.

Lorsque Séré se détourna pour reprendre l'allée, Bastien lorgna dans sa direction afin de s'assurer qu'il ne lui enverrait aucun signe discret de contrariété. Si le président poursuivit son pas sans rien laisser paraître, al-Husseini, au contraire, retint un agacement perceptible entre ses mâchoires serrées et les fronces de ses sourcils. Dès qu'ils furent de nouveau seuls, Sabine rencogna sa main dans celle de Bastien.

— Ton… Ton oncle musulman, balbutia Bastien, permet… te permet certaines libertés, comme ça, avec un étranger… je veux dire…

— Oui, répondit-elle en notant que la question demeurait sans suite, que les mots ne venaient plus. Mon oncle, tout comme moi, tout comme le pays, est déchiré entre l'ouverture à un monde moderne et libre, et les traditions d'une culture millénaire qui impose encore, comme mode de vie, une religion intolérante. Ce n'est pas facile à gérer pour lui. Il doit à la fois plaire aux mouvements religieux à qui s'identifie la vaste majorité de la population, aux alliés occidentaux laïcs et chrétiens, et aux soviétiques athées. Tant que je ne dépasserai pas les bornes un peu floues de son autorité, il tolérera quelques moments de relâchement pour me permettre de me sentir libre dans l'univers hyperprotégé de sa suite.

— Et les « bornes un peu floues » consistent en quoi ?

— Un petit baiser volé ici et là, des promenades romantiques main dans la main. C'est à peu près tout. Sois certain que je serai vierge pour l'homme qui m'épousera.

— Et combien de petits baisers volés as-tu réussi à glaner avant ce soir ?

— C'est une vraie question ?

Il rit.

— Non, bien sûr.

— Étrangement, poursuivit-elle un ton plus bas, je suis plus libre auprès de mon oncle que ne le sont ses propres filles, mes cousines. Précisément parce que je ne suis pas sa fille, je suppose. Il m'a pris sous son aile à la mort de mon père, quand je n'étais encore qu'un bébé. Il a fait de moi son symbole d'ouverture à l'Occident, son camouflet aux mouvements intégristes larvés du pays. Ses filles, par contre, sont élevées selon les strictes valeurs de nos traditions musulmanes. Ça lui permet de jouer sur tous les tableaux.

— Et ton prénom, qui sonne si joliment français, il vient du goût de ton père pour la baguette ?

— Que tu es drôle ! Mais non, ma grand-mère maternelle était française. Enfin, elle était noire, mais vivait en France depuis toujours. On m'a donné son nom.

— Mademoiselle Sabine !

— Oh ! ma camériste ! lâcha Sabine comme un déchirement. On se voit après mon chant ?

Il allait répondre, mais plus rapide, elle poursuivit :

— On s'est embrassés ; je suis ton Africaine, maintenant. Tu viendras au chant, pas vrai ? Même si tu n'aimes pas l'opéra ? Sinon, je ne te remettrai jamais ton pendentif.

Il sourit.

— J'y serai.

— Vite, Mademoiselle. Je vous cherchais partout.

Elle emboîta le pas de la grosse femme, qui venait de la saisir par le bras. Elle se tourna une dernière fois vers lui avant de disparaître. Ses lèvres dessinèrent des mots qui ne s'entendaient pas.

— Je t'aime.

En dépit du talent de Sabine, Bastien s'ennuyait ferme dans le grand salon où s'étaient entassés les dignitaires du gouvernement de Séré et les diplomates des diverses ambassades étrangères. Les notes de Berlioz, de Gounod, de Bizet et d'Offenbach s'envolaient de la bouche de Sabine, mais Bastien ne s'intéressait qu'aux lèvres qui s'agitaient, qu'à la gorge qui se dilatait, qu'à la poitrine qui s'enflait et se dégonflait, et jamais à l'art qui en émergeait. Discrètement, il choisit de s'éloigner du piano pour se rapprocher de la table servant de bar. Il nota un cognac qu'on avait dû faire venir de France à grands frais. Il désigna la bouteille à un serviteur noir engoncé dans une livrée rouge trop étroite pour lui. Visiblement peu coutumier des us de la dégustation, le garçon servit le cru dans une flûte à champagne. Bastien fit comme si cela n'avait aucune importance.

— Monsieur Tournier.

Il figea son verre à la hauteur des lèvres et se tourna à demi vers la femme qui l'abordait par derrière. Il la reconnut comme l'une des habituées du palais présidentiel : domestique, épouse d'un proche de Séré, peut-être même membre de la famille. La robe qu'elle portait était surmontée d'un hijab. Sans un mot, elle glissa un bout de papier dans la poche de son veston et s'éclipsa. Bastien saisit la note, déplia le morceau de papier et, à travers le verre de la flûte portée à ses lèvres, lut les mots griffonnés rapidement.

« *Après le récital, rejoins-moi dans le salon privé de mon oncle. J'ai besoin de toi. Les gardes sont au courant ; ils te laisseront passer. Détruis cette note. S.* »

S'assurant que personne ne regardait dans sa direction, il roula le bout de papier entre ses doigts et le glissa dans sa bouche. Une rasade de cognac l'aida à l'avaler.

Intrigué, mais surtout excité à l'idée d'un rendez-vous secret avec la jeune fille, Bastien sentit fondre toute la prudence qui le caractérisait généralement.

La soirée lui paraissait déjà longue, elle lui sembla maintenant interminable. Et de fait, l'éternité s'écoula avant que ne s'entendissent les derniers applaudissements et que ne disparût Sabine dans l'escalier menant à ses quartiers. Saluant deux ou trois personnes à qui il ne pouvait échapper, Bastien se dirigea le plus discrètement possible vers le passage qui menait aux bureaux et aux salons des représentants du gouvernement. Au moment où il fut certain que personne ne le remarquait, il se fondit dans le couloir.

Sabine avait raison. Aucun garde ne circulait dans cette section du palais. Par quel tour de passe-passe, se demanda Bastien, avait-elle réussi à les convaincre d'aller se promener ailleurs ? Avait-elle donc autant d'influence parmi le personnel de Séré ? Son charme opérait-il aussi fort chez les autres hommes que chez lui ? Un pincement à la poitrine fit remonter un peu d'eau du puits empoisonné et il s'efforça de ne plus penser.

Il trouva rapidement la porte du salon, fermée, mais non verrouillée. Il jeta un œil dans la pièce obscure, puis y pénétra. Malgré

la faible lumière venue des fenêtres donnant
sur le parc, il reconnut le motif des draperies
et des tapis, l'emplacement du bahut et des
coussins, la table basse…

— Sabine.

Il avait murmuré, mais il lui sembla que
l'appel s'était entendu au-delà des fenêtres,
à l'extrémité même du parc. Il fit quelques
pas… et aperçut un pli inhabituel dans la ten-
ture. Le coffre-fort était ouvert ! Déjà, sa sirène
d'alarme personnelle hurlait dans sa tête,
mais sa curiosité d'enquêteur était maintenant trop piquée pour qu'il s'en préoccupât.
Il tira la chaînette d'une lampe sur pied et,
sous l'éclairage timide d'une ampoule au
sodium, s'approcha du coffre. Repoussant la
porte entrouverte, il découvrit des séries de
documents, mêlés à quelques cassettes et dis-
quettes, le tout classé sans ordre apparent.
Aucune trace de la mallette ; les diamants
avaient disparu. En saisissant toute la portée
de cette disparition, un afflux d'adrénaline
précipita les battements de son cœur et il se
sentit étourdi. Il en avait totalement oublié
Sabine et s'apprêtait à se précipiter à la recherche de Séré, quand il nota un document
dans le coffre, portant le logo de H.W.C., l'or-
ganisme humanitaire pour lequel il enquêtait
sur le trafic d'enfants. Il s'en empara, le feuilleta quelques secondes, puis le reconnut
comme étant un rapport qu'il avait lui-même

produit quelques semaines auparavant. Il fouilla dans les autres documents à sa portée. Pêle-mêle, il trouva des dossiers sur le détournement de fonds gouvernementaux vers des comptes bancaires suisses, des fiches sur les propriétés chimiques du silicium, des sulfates de sodium et de magnésium, des chlorures et de l'hydroxyde de magnésium. Il y avait aussi les horaires d'une compagnie aérienne, le rapport d'une enquête sur un fonctionnaire français corrompu, la liste des pots-de-vin donnés à des dirigeants allemands, un autre rapport de H.W.C. sur les enfants esclaves dans les plantations de cacao de la Côte-d'Ivoire…

— Qu'est-ce que tout ça signifie ? murmura Bastien en feuilletant fébrilement l'embrouillamini de documents.

Un gargouillis discret, à peine perceptible, un peu semblable au glouglou d'une *shisha*, monta derrière lui. Bastien porta la main à sa poitrine et dégaina doucement le mauser. En un geste calculé, il se retourna et parcourut la pièce du regard. Le bahut… la table basse… les draperies… les coussins… le bahut…

Les coussins ! Une flaque d'un rouge sombre enflait entre les pampilles dorées qui caressaient les tapis. Bastien se précipita et dégagea du pied les riches carrés damassés. Le visage du major Dolo apparut, le lobe frontal éclaté.

— Qu'est-ce qui s'est passé ici ? murmura-t-il en tournant sur lui-même pour balayer la pièce du canon de son pistolet.

Le bruit de la porte qui s'ouvrait derrière lui le fit bondir près du bahut. Au bout de son bras tendu, il orienta aussitôt le mauser vers la tête dans l'embrasure : une petite tête, surmontée d'un chignon retombant en boucles étudiées.

— Bastien ?

— Sabine ! Nom de Dieu ! ne reste pas…

Elle pénétra dans la pièce en le cherchant du regard. Il fit un pas pour quitter l'ombre du bahut.

— Bastien.

— Sabine, n'entre pas ! Ne t'appro…

— Couchez-vous, Mademoiselle !

Un homme, qui venait de surgir derrière elle, la poussa sans ménagement et l'envoya au sol. Bastien ne le reconnut pas immédiatement car, à la hauteur de son visage, il pointait un pistolet. Le Français replongea aussitôt à l'abri du bahut.

— Jetez votre arme, Monsieur Tournier ! Vous ne pouvez pas vous échapper.

Il reconnut la voix du général al-Husseini.

— Vous faites erreur, général, dit-il. Je ne suis pas l'homme que vous cherchez. Je suis ici par hasard.

— Si vous ne vous rendez pas à moi, Monsieur Tournier, je vais appeler les gardes et ils vous mitrailleront. Jetez votre arme et marchez par ici. C'est votre seule chance de salut.

D'un coup d'œil vif, Bastien jugea de la position de l'officier : il s'était réfugié à l'autre extrémité du mur. L'angle avec le meuble interdisait toute possibilité de l'atteindre sans s'exposer d'abord. Pour toute cible, Bastien n'avait plus, près de la table basse, que la robe blanche de Sabine.

— Croyez-moi, général, dit-il. Je viens de découvrir le major Dolo assassiné. Je suis ici parce que… (Il s'interrompit, craignant de trahir la jeune fille.) …parce qu'on m'a demandé de venir.

— Qui ?

— Une note qu'on m'a remise à la réception.

— Signée par qui ?

— Je… J'ai détruit la note.

— Bien sûr.

Pendant deux ou trois secondes, Bastien espéra que Sabine viendrait confirmer son affirmation, mais elle demeurait muette. Terrorisée.

— Général, c'est très grave. Je vous répète qu'un voleur a tué le major Dolo. Les diamants ne sont plus dans le coffre.

— Comment le savez-vous ?

— Le coffre est ouvert.

— Comment êtes-vous arrivé à ?...

— Bon sang, général ! Je n'ai pas ouvert le coffre. Il était ouvert à mon arrivée.

— Il y a beaucoup d'étranges coïncidences autour de vous, Monsieur Tournier. Le capitaine Sounfountera et le garde tués par un mauser 7,63, sans autre témoin que vous-même. Maintenant, le major Dolo, l'unique partenaire qui vous restait dans cette mission. Non, vraiment...

Il se tut brusquement, mais échappa un souffle, tandis qu'il bondissait en avant. Il espérait couper l'angle du bahut pour surprendre Bastien dans son retranchement. Celui-ci le vit apparaître, ombre floue derrière la tête jaunâtre de la lampe sur pied. Le mauser parla en premier. Le Français avait tiré au jugé, espérant atteindre une partie non vitale. Il y eut le choc sourd du corps qui s'effondre, quelques râles, puis le silence. Bastien profita de ces deux ou trois secondes de répit pour quitter sa retraite en roulant sur le tapis et confondre une éventuelle réplique de son adversaire. Il trouva le pistolet du général sur le sol, à deux mètres du corps étendu. Une main ensanglantée cherchait à l'attraper, mais ne parvenait qu'à tirer les fibres dorées du tapis.

— Général ? Oh ! Seigneur ! Pourquoi ne m'avez-vous pas cru ?

— Vous ne... vous en sortirez...

Bastien se releva et repoussa l'arme du pied. Il s'approcha de l'officier, pour constater que la balle l'avait atteint dans l'abdomen, un peu en bas du foie. Un flot de sang s'échappait de l'uniforme de gala pour faire sa trace entre les coussins.

— Restez tranquille, général. Pressez sur la blessure pour arrêter l'hémorragie. Je vais aller chercher du secours.

— Vous allez fuir, vous voulez dire, râla l'officier en grimaçant de douleur. Envoyez plutôt Mademoiselle Sabine.

À l'énoncé de son nom, la jeune femme s'agita. Bastien se rappela seulement alors de sa présence.

— Sabine ? Sabine, ça va ?

Bastien fit un pas vers elle en tendant la main pour l'aider à se relever.

— Ne me touche pas ! hurla-t-elle en se reculant.

Sa voix avait percé très haut, sur un registre désagréable, et malgré l'écho étouffé par les tapis et les draperies, il en resta à l'oreille de Bastien un sifflement qui persista quelques secondes. Ce qui le troubla pourtant fut la haine qui transparut dans le rictus de la bouche. Cette bouche qui avait laissé sur ses lèvres ce délicieux goût de mangue.

— Ne m'approche pas… assassin !

— Mais… Sabine…

— Menteur ! Menteur, assassin ! Personne ne t'a jamais envoyé de mot. C'est toi qui m'as écrit de venir ici. Je… J'ai été folle… Je…

— Quoi ? Mais, non… Qu'est-ce ?...

La porte s'ouvrit violemment en allant claquer contre le mur. Deux hommes bondirent à l'intérieur de la pièce, pistolet-mitrailleur pointé devant eux. Bastien n'eut même pas le temps de soulever son mauser que les deux canons visaient sa tête.

— Jetez votre arme ! Jetez immédiatement votre arme !

Il n'hésita pas une seconde et lança le pistolet au sol comme si, tout à coup, il était devenu brûlant dans ses mains.

— Je me rends. Je me rends. Je veux voir le prés…

Un violent coup de crosse à la tempe lui fit effectuer un demi-tour sur lui-même et il s'écroula. Une mer démontée le culbuta, pour l'emporter dans des eaux noires, le soulevant, tel un bouchon. Il se laissa sombrer et, au moment d'atteindre l'abysse, la réalité revint.

— Beau gâchis, Monsieur Tournier.

Bastien distingua Séré, encadré par les deux gardes. Contre lui, le président tenait une Sabine tremblante, visiblement traumatisée. Il passa une grosse main caressante sur la joue de la jeune fille, puis lui souffla :

— Tu n'aurais pas dû venir ici, mais je ne t'en veux pas. Ton imprudence me permet de démasquer ce misérable.

Elle voulut répliquer, mais un sanglot l'étouffa.

— Tu es jeune, reprit Séré. La vie t'enseignera bien d'autres trahisons. Va, maintenant. Ta place n'est plus ici.

Sans un seul regard pour Bastien, Sabine quitta les bras de son oncle et, dans un dernier froufrou de dentelles blanches, disparut derrière la porte.

À travers la brume ocre qui occultait encore sa vision, Bastien vit Séré tourner le menton vers l'arrière.

— Emmenez vite le général al-Husseini à la clinique, dit-il à ses hommes. Réveillez-moi ce foutu toubib à coups de bottes, s'il le faut. Je garde le prisonnier pendant votre absence. Ne revenez avec des renforts que lorsque le général sera entre bonnes mains. Allez, partez !

Un garde fronça les sourcils en signe d'interrogation. Séré eut un bref signe de tête.

— Pas de problème, poursuivit-il. Ce chien ne m'échappera pas. Donnez-moi son arme et attendez-moi dans la grande salle.

Les gardes obtempérèrent. Quand la porte se fut refermée derrière Séré, il s'approcha de Bastien. Ce dernier, encore ébranlé, les tempes battantes, appuyé sur un coude sans parvenir à se relever, voyait dans la haute stature du président celle d'un géant prêt à le fouler aux pieds. Il vit la main se tendre vers lui, les doigts crispés comme une serre, et ferma les yeux d'instinct pour accuser le coup. Il n'y eut pas de choc. Il sentit simplement que Séré le saisissait au collet et le tirait au milieu des coussins, en direction de la fenêtre. La poigne puissante l'étranglait et il chercha à se dégager en se retenant au poignet à deux mains. La serre finit par l'abandonner et il retomba sur le sol.

— Mons… Monsieur le Président, commença-t-il. Éc… Écoutez-moi. Je ne suis pas…

— Je ne suis pas responsable des meurtres et du vol. Je sais.

Bastien leva des paupières lourdes pour renvoyer à Séré un regard ahuri.

— Je sais, répéta le putschiste. Mais quel magnifique suspect vous faites, Monsieur Tournier !

Les clochers se calmaient dans la tête de Bastien, son esprit semblait revenir, mais il n'était pas certain de bien comprendre où Séré voulait en venir.

— Je… Je n'ai rien volé…

— Bien sûr que non, mais les Américains et les Juifs croiront le contraire.

— Je… ne vous suis pas…

Séré plia les genoux en appuyant les bras sur ses cuisses, les mains pendant entre ses jambes, le mauser pointant vers le sol. Son chèche renvoyait un reflet irisé, provoqué par un projecteur au-dehors.

— Avec toutes les preuves accumulées contre vous, vous ne pourrez jamais vous disculper. Personne ne cherchera d'autres coupables. Vous êtes le traître français qui a abusé de ma confiance pour me dérober ce qu'il devait protéger. Pour pénétrer dans mes quartiers, pour protéger vos arrières, vous avez également profité de la naïveté de ma nièce. Vous comptiez aussi vous servir d'elle comme otage lors de votre fuite avec les diamants.

— Vous… C'est vous qui avez… pour les diamants ?…

— Trois cent cinquante millions de dollars. Il vaut mieux les soustraire à ces Juifs, qui sont déjà beaucoup plus riches que je ne le serai jamais.

— Mon Dieu ! vous avez tué vos propres agents, vous avez… tout monté, menti à tout le monde : à Sabine, à al-Husseini. Je suis…

— Un pion, coupa Séré en se retenant visiblement d'éclater de rire. Je suis désolé pour vous, vous m'êtes presque sympathique. Je crois même que ma nièce avait un petit béguin. Mais trois cent cinquante millions, par Allah ! Ça vaut bien quelques sacrifices.

Bastien lorgna le mauser qui le narguait, pendu au bout de la main du président, et considéra la possibilité de s'en emparer. Retenant un brusque haut-le-cœur, il se laissa aller au sol. Il savait qu'il n'aurait pas la force de livrer combat à un homme au physique aussi imposant.

— Vous avez dix minutes, fit Séré en se redressant.

Bastien leva les yeux vers lui. Il retrouva encore une fois le tic du sourcil qui s'agitait quand l'homme cherchait à paraître désinvolte.

— À vivre ?

— Ça dépend de vous. Vous avez dix minutes pour fuir avant que mes gardes reviennent, dix minutes avant que je ne sonne l'alarme.

— Mais pourq ?... Pourquoi ?

— Pour détourner de moi la colère des Juifs, il vaut mieux que le coupable soit un fugitif plutôt qu'un cadavre dans mon salon. Pendant que tout le pays vous pourchassera pour vous lyncher, que les Américains ratisseront le continent pour vous mettre le grappin dessus, que les Juifs enverront leurs tueurs à vos trousses et que même la France n'osera pas vous porter assistance, tant vous serez devenu un sujet compromettant, moi, je saurai me faire oublier.

— Vous… Vous êtes fou. Jamais personne ne croira cette histoire d'agent qui trahit un général putschiste pour lui voler sa fortune.

— Quand on est enragé et déchaîné comme le seront les Juifs, quand ils apprendront la disparition des diamants, le simple fait de tenir un coupable sur qui passer leur fureur leur fera perdre tout sens de la mesure. Croyez-moi, Monsieur Tournier, ils ne réfléchiront plus ; la haine occupera trop de place dans leur cerveau. Vous venez de pénétrer en enfer.

Il eut un mouvement impatient et agita la pointe du pistolet.

— Allez ! Sautez par cette fenêtre et foutez-moi le camp. Dans dix minutes, je me tire une balle dans le bras et je sonne l'alarme. Vous aurez tenté d'assassiner un président pour vous enfuir. J'ai parlé de faire des sacrifices, ça en sera un. Trois cent cinquante millions de dollars valent bien un bras cassé.

— Vous êtes malade !

Il empoigna Bastien de nouveau par le col et le souleva d'une seule main pour le remettre sur pied.

— Partez avant que je ne change d'avis et décide de faire le travail à la place des Juifs.

Bastien mesura encore une fois la possi-bilité de s'en prendre à Séré, mais à quoi bon ? Qui croirait à son innocence si, en plus, il agressait le président ?

— Neuf minutes cinquante, dit Séré en regardant sa montre.

Bastien jugea de la hauteur de la balus-trade, puis s'assura que le jardin était désert. Les voitures des invités étaient à gauche du bâtiment. Des chauffeurs attendaient sûre-ment près de certaines d'entre elles pour reconduire leurs maîtres à la fin de la soirée. Il s'en trouverait un ou deux isolés des autres.

— Neuf minutes trente-cinq.

Neuf minutes trente-cinq et un coup de feu déclencheraient la chasse.

Bastien posa une fesse sur la balustrade et sauta sur la pelouse fraîchement tondue.

— Et ta femme ? Elle dit quoi, ta femme ?

Le grand Noir en uniforme avait une petite cicatrice au coin de la bouche qui prenait une teinte rougeâtre lorsqu'il plissait les lèvres.

— Elle a rien à dire, celle-là, répondit-il. Si je veux une deuxième épouse, c'est mon choix. Elle va accepter, hein.

Le second douanier tirait sur sa cigarette comme on aspire un spaghetti qui n'en finit plus.

— Moi, la mienne, dit-il en crachant un nuage de fumée, si je prenais une deuxième épouse, elle la tuerait.

— Tu as qu'à la répudier. Tu as qu'à la répudier, hein.

— Mes beaux-frères, c'est des fous furieux. Ou ils me tuent, ou ils tuent leur sœur. C'est vrai quoi, des fous furieux.

Il pointa du bout de sa cigarette une colonne de villageois qui approchaient. La poussière soulevée par leurs pas les enveloppait d'une bulle ocre. Ils ressemblaient à des insectes surpris dans leur prison d'ambre.

— Hé ! c'est qui, ça ? C'est une émeute ou quoi ?

La cicatrice rougit de nouveau.

— Non, des funérailles. C'est une bande de Bobos qui vont enterrer un mort de l'autre côté.

— On les laisse pas passer. Si ?

— Ça dépend s'ils paient, hein.

Ils se plantèrent tous les deux au milieu de la piste, près des barils remplis de sable qui fermaient la voie aux véhicules automobiles. La procession de femmes et d'hommes allait bon train, entourée d'enfants qui gambadaient.

— Il y a des masques, dit le second douanier en projetant son mégot encore allumé avec un geste souple du majeur. Ils ont pas l'air très enthousiastes. Tu as vu les masques ?

— Ouais. C'est vrai qu'ils battent pas fort du fouet, hein. Je voudrais pas être à la place du mort. Les foutus djinns vont le harceler et l'emporter, hein.

Les premiers villageois arrivèrent à leur hauteur. Le grand Noir s'appuyait sur une seule jambe, les mains glissées dans la ceinture, une posture qu'il avait vue longtemps auparavant sur l'affiche d'un film américain. Le second douanier se rongeait un ongle.

— On ne passe pas, dit-il en crachant un petit morceau à ses pieds. Ici, c'est la frontière du Burkina Faso.

— On va enterrer mon père, dit un homme qui venait de se placer en avant du groupe. Il est dans le village à côté. On retournera tous chez nous ce soir.

— Il faut les papiers, hein, précisa le grand Noir. Il faut les papiers, sinon on ne traverse pas la frontière.

L'homme s'avança jusqu'à placer une main sur l'épaule du douanier. Le second s'approcha.

— C'est mon père, dit-il. Je ne peux pas laisser ensevelir son corps sans me trouver à ses côtés.

— Ça, c'est certain, hein. Ça, c'est ton devoir envers ton vieux.

— Alors, vous comprenez bien ma douleur, dit le villageois un ton plus bas en fixant la cicatrice rouge à la commissure des lèvres plissées.

— Pas de papier, pas de passage.

— Voici quelques papiers.

Le douanier reçut discrètement dans ses mains une liasse de francs C.F.A. Il regarda son collègue.

— C'est peu, hein ?

— Non, ça va, répondit le second douanier. Son père est décédé. Il faut pas exagérer quand c'est les morts.

Visiblement, il était habité par la crainte des esprits. Le grand Noir soupira bruyamment pour exprimer son désaccord, mais il finit par hocher la tête.

— Bon, ça va. Allez-y, mais dépêchez-vous.

— Merci.

— Mais tout le monde de retour avant ce soir, hein.

Et la procession reprit la marche en contournant les barils, pendant que les enfants cabriolaient autour des masques. En passant près du grand Noir, l'un d'eux eut l'audace de donner un coup de fouet en crin de cheval sur son tibia. Le second douanier éclata de rire en tirant une autre cigarette de son paquet.

Tandis que les villageois quittaient la piste pour se diriger le long de la sente menant à la bourgade du défunt, Bastien ralentit le pas jusqu'à se trouver volontairement à l'arrière du cortège. Jugeant que les gens qui l'entouraient étaient trop peu nombreux pour constituer une menace, il souleva l'habit de chaume qui le recouvrait et le jeta au sol. Sous l'œil ahuri des enfants autour de lui, il salua d'un geste désolé et repartit en courant vers la piste. De là, il marcha un moment, jusqu'à croiser un camion qui filait vers l'intérieur du pays. Le chauffeur accepta de le prendre à bord parce qu'Allah, le Miséricordieux, demandait aux hommes de s'entraider. Dès que le véhicule reprit la route, Bastien se cala contre le dossier du côté passager et appuya la tête contre son veston roulé en boule. Lorsque le camionneur lui demanda s'il avait eu un accident, pourquoi il avait cette allure de déterré, il fit semblant de s'être endormi.

À quelques kilomètres de là, de l'autre côté de la frontière, un homme se relevait péniblement du buisson sous lequel il se trouvait. Pendant de longues secondes, il chercha à se rappeler comment il s'était retrouvé ainsi, inconscient, en bas d'un fossé couvert de cram-cram. Il se souvint simplement avoir participé à des funérailles, accoutré en masque, et s'être éloigné pour uriner… Une douleur aiguë l'amena à passer la main derrière la tête ; il fut surpris d'y trouver une bosse.

**Bobo-Dioulasso, pays Sénoufo ;
Burkina Faso, Afrique occidentale**

— Tu crois que je suis autant dans la merde qu'il le prétend ?

À l'autre bout du fil, Jérémie mit un moment avant de répondre.

— Je ne sais pas. C'est sûr qu'il faut laisser aux Amerloques et aux Juifs le temps de faire leur propre investigation, mais pour une somme pareille, les tueurs vont côtoyer les détectives. Cet enfant de salaud n'a reculé devant rien.

— Et la France ?

— Officiellement, la France n'est pas impliquée. Tu n'es pas un agent de la D.G.S.E.

Pas impliquée, donc, bien sûr, pas d'assurances pour te sortir du merdier.

— Mais je suis sur ton registre de paie. Pour les Gringos, la France va se retrouver du côté des méchants. Du côté de Séré. Il va vous falloir intervenir pour éviter une confrontation. Je suis le seul à pouvoir témoigner de la machination.

— Je te paie avec mon enveloppe discrétionnaire ; aucune preuve contre l'Hexagone. Séré – qui ne veut sûrement pas se mettre Paris à dos – parlera de toi, c'est sûr, comme d'un mercenaire à son propre compte. La France ne se mouillera pas pour toi, désolé. Il faut que je te sorte de là sans ameuter l'Élysée.

— Putain de !... Ah, le salaud !

— Je suis avec toi, Bastien. J'ai quand même le pouvoir de te protéger, ne serait-ce que de façon officieuse. Mes supérieurs m'appuieront sans mal, sois sans crainte.

— Je dois disparaître de la circulation, le temps que la poussière retombe.

— Va à Djibouti. Je vais te donner les coordonnées d'un colonel de mes amis qui dirige une section de nos Forces armées, là-bas. Il va t'aider à te trouver une piaule incognito et il pourra même organiser une garde discrète dans ton entourage.

— Ouais. Pas certain que ça me plairait de sentir des gardes-chiourme se mouler à tous mes mouvements. J'ai des amis à Addis-

Abeba. Je crois que je vais plutôt aller m'y planquer le temps que les cow-boys – et les Juifs, surtout – se calment.

— À ton aise. De mon côté, je vais voir à ce que mes supérieurs entrent en contact avec leurs homologues outre-Atlantique le plus tôt possible, et à ce qu'ils fassent tout en leur pouvoir pour les convaincre de ta version des choses.

— Explique bien à la France que j'ai accepté cette mission parce qu'elle était de tout repos, Jérémie. Je suis maintenant dans une merde terrible.

— Je suis désolé, Bastien. Sincèrement, je suis désolé.

— Je compte sur toi, Jérémie.

Laurence avait appuyé une épaule contre le cadre de la porte et le regardait, les bras croisés, hanchée sur une seule jambe. Elle portait une blouse ample, qui masquait ses seins lourds, et un jean un peu trop serré. Ses cheveux courts, coupés à la garçonne, n'étaient pas peignés. Sur le mur, à la hauteur de son visage, tracées en gros caractères sur un papier jaunâtre, des strophes de Victor Hugo : « *Depuis six mille ans, la guerre / Plaît aux peuples querelleurs / Et Dieu perd son temps à faire / Les étoiles et les fleurs* ».

— C'est vraiment le festival de la merde, ironisa-t-elle d'une voix défaite. D'abord toi, avec je ne sais combien de tueurs à tes trousses, et puis... et puis... tous ces enfants qui...

Bastien disposait des dossiers les uns par-dessus les autres, puis les balançait sans classement au fond d'une boîte. Ses gestes étaient frénétiques, sans rien à voir avec son flegme habituel.

— Je vais essayer de poursuivre le travail pour tout ce qui peut se faire à distance : classement, examen des données, etc. On va trouver ce qui s'est passé avec ces enfants. Mais, en ce qui a trait aux enquêtes et à la cueillette d'information sur le terrain ici, il faudra se contenter de quelqu'un d'autre.

— De toute façon, pour ce que ça donne... fit-elle en passant le dos de la main sur sa joue pour essuyer une larme. Pour ce que ça a donné pour *eux*.

Il s'arrêta une seconde afin de la regarder. Elle n'était pas forcément jolie avec son allure de garçon manqué, mais quand elle pleurait comme ça, avec toute cette sensibilité qu'elle portait à fleur de peau, elle s'auréolait d'une beauté qui venait davantage de sa formida-ble générosité et de son extrême délicatesse.

— Tu vas passer au travers, Lau, dit-il d'une voix altérée. Tu es forte.

— Tu crois ? dit-elle en reniflant. Trente gosses, Bastien. Trente. J'ai besoin de toi plus que jamais pour trouver les salauds qui... qui...

Un sanglot étouffa le reste de sa phrase. Ne pouvant plus contenir sa propre colère, Bastien prit un dossier qu'il balança avec force sur le mur derrière lui. La chemise s'ouvrit pour éparpiller son contenu sur le télécopieur et sur le sol autour.

— Les ordures ! Les fils de !…

Encore bien à la vue sur le bureau, le journal *Le Monde,* daté de la veille. En première page, l'article qui annonçait la découverte de trente enfants assassinés dans un entrepôt abandonné, près de l'aéroport de Korhogo, en Côte-d'Ivoire.

— Trente gosses, Bastien, répéta Laurence à mi-voix, les yeux dans le vague. C'est maintenant qu'on a vraiment besoin d'un enquêteur pour faire la lumière sur cette affaire. Et toi, tu… tu t'en vas. Quel salaud !

Il ne savait plus si le qualificatif s'adressait à lui ou à Séré. Il en ressentit comme un coup de poignard à la poitrine. Il baissa la tête, les deux mains appuyées sur le bureau.

— Qui, du H.W.C., est allé à Korhogo ?

— Atoïbara.

Il releva la tête, mais sans la regarder.

— Bien. Atoïbara est un bon garçon. C'est un enquêteur méticuleux aussi.

— Il n'a pas ton expérience et il n'est pas Blanc. Un Noir n'a pas de crédibilité, n'a pas d'autorité, auprès des idiots de flics de ce pays. Si tu ne parais pas riche, tu ne vaux rien. Non, ça prend quelqu'un comme toi.

— À distance, je pourrai étudier l'information qu'il aura glanée sur place.

Mais au fond de lui, il savait que ça ne valait pas sa propre présence sur le terrain, sa perspicacité à relever les indices que les autres ne voyaient pas. Bastien possédait un sens aigu de la déduction et un flair incomparable pour lier des pistes qui, au départ, paraissaient sans relation.

Il fit mine de vouloir ramasser les papiers épars sur le plancher.

— Laisse. Fanta s'en chargera.

Penché à demi, il figea son mouvement, assailli de nouveau par l'image de Sabine. Elle flottait dans sa tête, incongrue, au milieu des pièces du puzzle mental posé par la disparition des enfants. La poitrine sciée de douleur, il souffla son image.

— Pourquoi les ont-ils tués ? demanda-t-il à voix haute, mais s'adressant davantage à lui-même qu'à Laurence. Ça ne rapporte ni aux passeurs ni aux employeurs. Quelle nouvelle donne nous échappe ?

— Il faut lier cette énigme à celle du bus qui a passé la frontière en direction du pays de ton copain Séré il y a quelques jours. Ensuite, il est revenu au Burkina Faso et a passé en Côte-d'Ivoire. Pourquoi ce détour ? Était-ce bien pour le même voyage ? On est à peu près convaincu que les enfants aperçus alors sont les mêmes. Les descriptions données par les parents et les témoins – les douaniers, notamment – concordent. Alors, quoi ? Ensuite, on a parqué les enfants dans un lieu isolé et on les a tués. Même le chauffeur du bus y est passé.

— Visiblement, *on* ne voulait pas de témoins.

— Le bus s'est-il trouvé malgré lui au milieu d'une opération clandestine et a-t-il fallu se débarrasser de spectateurs gênants ? Dans ce cas, pourquoi a-t-on éventré quatre d'entre eux ?

— Éventrés ?

— Oui. Ce n'est pas dans le journal, mais l'officier avec qui j'ai parlé ce matin m'a dit qu'on avait ouvert le ventre de quatre enfants et que leurs boyaux avaient été étendus autour d'eux. Quel malade peut faire ça ? Bon Dieu ! Quel malade ?

— Éventrés… répéta Bastien les yeux fixés sur un monde qui se bousculait dans sa tête. Éventrés…

Il se tourna brusquement vers Laurence.

— L'officier t'a-t-il mentionné quelque chose au sujet des selles ?

— Des quoi ?

— Des selles. De la merde, quoi ! Est-ce qu'il t'a parlé d'une odeur épouvantable ou de je ne sais quoi qui se rapporte à la merde ?

— Mais enfin, Bastien…

Ses lèvres se mirent à trembler. Elle quitta le cadre de la porte et s'approcha de lui.

— Oui. Oui. Il m'a dit que c'était terrible à cause des ventres ouverts, mais aussi que l'entrepôt était couvert des excréments des enfants. Qu'ils avaient tous les jambes… Enfin, qu'ils s'étaient à peu près tous fait dessus.

Bastien leva les yeux au plafond, avec un cri dans la gorge qui semblait trop gros pour passer.

— Les enfants de chienne !

C'était une expression typique qu'avait un jour lancée sa mère canadienne. Il balança son poing contre le classeur de tôle. Bastien se tourna vers Laurence et elle vit que ses yeux s'étaient remplis d'eau.

— Pour l'amour de Dieu, Bastien, implora-t-elle, dis-moi à quoi tu penses. Dis-moi ce que tout ça signifie.

— Ils se sont servis de moi, Laurence. Depuis le début, je suis leur jouet.

— Mais de qui ? De quoi ? Parle, bon sang !

Il se laissa choir sur la chaise, incertain que ses jambes puissent le tenir plus longtemps.

— Séré, dit-il. Dans son coffre, il y avait des dossiers que j'ai montés, des tas de documents se rapportant au travail de H.W.C.

— Nos dossiers confidentiels ?

— Non. En tous cas, pas ceux que j'ai vus. Mais tu sais, ces trucs qu'on a préparés, parfois de concert, où on relève la piste des passeurs, leurs lieux de rencontre, leurs façons d'opérer... Tous les indices permettant de profiter du système. C'est grâce à ce travail qu'ils ont pu procéder à leur manigance.

— Explique-toi mieux. Je n'y comprends rien.

— Il y avait de la documentation sur les sulfates et les hydroxydes. Tous ces composés... magnésium, silicium... Tu sais ce qu'on en fait, de ces trucs ?

— J'ai coulé ma chimie. C'est quoi ?

— Ils ont fait des laxatifs... des purgatifs. Des doses peut-être énormes.

— Tu divagues, ou quoi ? Dans quel but ?

Il leva les yeux vers elle. Ce n'était plus un regard, c'était un cri, une souffrance... C'était l'horreur que généraient deux pupilles obscurcies de tout le mal du monde. Elle en frissonna.

— Les diamants. C'est comme ça qu'il les a passés à la frontière, dit-il. On a fait bouffer les diamants aux enfants, puis on les a récupérés en les faisant déféquer. Ceux qui ont été éventrés ne réagissaient probablement pas bien aux purgatifs. Ensuite, les diamants ont transité par les airs vers l'Europe. Près de l'aéroport, tu comprends ?

Elle le regarda, interdite, pendant que les pièces du puzzle s'assemblaient dans sa tête

et qu'elle prenait conscience de tout le ma-
chiavélisme du plan de Séré.

— Tu comprends ? répéta-t-il. Comme
ça, en partance d'un aéroport aussi anony-
me que Korhogo, transitant sans doute par
Abidjan, les diamants se retrouvent sur le
marché européen sans aucun lien avec Séré.

Le visage de Laurence avait pris des
teintes étranges à mesure qu'alternaient en
elle la surprise, l'horreur et la colère. Sa bouche s'entrouvrit dans une expression aba-
sourdie.

— Le pire, poursuivit Bastien, est que si
un brillant Amerloque fait le lien entre les
diamants et les enfants, il va penser que seule
une personne à la fois proche de Séré et du
H.W.C. a pu monter une telle opération.

Il leva les yeux vers elle, mais ne parvenait pas à les fixer sur un point précis. Son
esprit luttait pour ne pas laisser sourdre la
panique.

— Putain ! Ils vont se rabattre défini-
tivement sur moi.

— Mais tous les préparatifs d'une telle
opération demandent des semaines, dit
Laurence. Personne ne te soupçonnera…

— Crois-tu que les tueurs qu'on va envoyer à mes trousses vont se soucier de
détails de la sorte ? Séré a monté un plan
parfait. Tous les regards vont se tourner vers
moi, le temps qu'il remette les diamants à

ses revendeurs. Après, soit je me fais assassiner et on oublie toute l'affaire, soit je demeure vivant, mais traqué par la C.I.A., le Mossad et qui sait par combien de mercenaires et de tueurs à gages de toutes les confessions.

— On finira bien par rattacher tous les fils et par trouver les éléments qui clochent. Ça va ramener tout le monde à Séré.

— Si ça arrive, je serai mort depuis longtemps.

— Alors, bon Dieu ! fais-toi discret. Le plus discret possible. Oublie Atoïbara, oublie l'enquête. Disparais.

Elle le saisit par le bras et le força à se relever de sa chaise.

— Allez, debout ! dit-elle. Dépêche-toi de rassembler tes trucs et fous le camp. Pars où tu voudras, mais ne remets plus les pieds ici avant un moment. Quitte le Burkina, l'Afrique, même.

— Oui, je pars. Je ne te dis pas où.

— Et je ne veux pas le savoir. Comme ça, même sous la torture, je ne pourrai pas te trahir.

Il la prit dans ses bras. Ses cheveux exhalaient un effluve discret de mangue, sans doute un reste du shampooing aux fruits qu'elle utilisait. Il ressentit de nouveau la pointe du poignard fiché dans sa poitrine.

Elle l'embrassa sur la joue.

— Quand je parlais de festival de la merde, dit-elle en essuyant encore une larme, je ne croyais vraiment pas si bien dire.

Il cherchait des mots d'adieu qui exprimeraient à la fois sa détresse et sa tristesse, mais sa tête était vide, sauf de morts et de folie. Il puisa dans les clichés de circonstance.

— Tu vas me manquer, Lau. À bientôt.

— *Inch'Allah.*

9: L'Africaine - Cinq

« Un fardeau semble léger sur les épaules d'autrui. »
Proverbe russe

Contreforts du Sahara, Tombouctou, Mali

Dans la nuit africaine, aux portes des déserts et loin de la brousse, le braiment des ânes et le blatèrement des dromadaires remplacent le feulement des fauves. Les chiens parfois, dans les cités comme Tombouctou, hurlent leurs peurs ou leurs convoitises en mariant leur timbre discordant à la clochette d'un buffle insomniaque, à la toux d'un mendiant sous un porche, ou aux appels des oiseaux nocturnes.

Bastien s'est retranché dans la pénombre d'un encorbellement, le dos appuyé contre un porche de bronze ouvré. La saillie des arabesques en ronde-bosse le pénètre un peu, mais il n'en a cure. Au contraire, il aime goûter contre ses muscles les ciselures tracées des siècles plus tôt, comme une imprégnation de l'art mauresque. Son dos devient ainsi comme la pierre qui se modèle de bas-reliefs, comme le parchemin qui reçoit le pinceau du calligraphe. C'est une allégorie bête, mais elle lui plaît, car il sait ne rien posséder de l'art que le plaisir seul de l'apprécier.

Au creux de sa main, à la hauteur de la poitrine, il serre le cauri qu'une cordelette de cuir retient à son cou. Le coquillage a à peine vieilli et le médaillon tressé sur lequel il est collé garde encore un parfum de femme. Sans doute a-t-il pendu un moment entre deux petits seins noirs. Chaque fois qu'il s'arrête à cette image, Bastien sent son cœur amorcer un galop insensé.

Sabine. Son Africaine. Celle qui se distingue de toutes les autres, un fossé de seize ans entre eux deux. Comment la retrouvera-t-il ? Comment le retrouvera-t-elle ? Si différent chacun du cliché que l'autre en a conservé ? Ou si pareil ? Si terriblement pareil qu'ils auront l'impression l'un et l'autre de s'être quittés la veille ?

Au-dessus des chuchotis de la nuit, un bourdonnement lointain lui fait dresser l'oreille comme la lionne en chasse. Il serre le cauri plus fort.

— J'arrive, mon Africaine, murmure-t-il pour lui-même.

Bastien scrute les étoiles. Il aperçoit certaines d'entre elles disparaître et réapparaître en ensembles, grandissant à mesure qu'approche l'hélicoptère, tous feux éteints. L'appareil se pose en un mouvement d'oscillation au milieu des tourbillons de poussière qu'il soulève. Sans s'attarder, Bastien s'engouffre dans l'ouverture qui l'attend, et la libellule d'acier repart vers les étoiles. Il s'assoit sur un banc à côté d'un sous-officier des Marines. Face à eux, deux soldats font semblant de ne pas s'intéresser à l'agent français.

— Cigarette ? demande le sous-officier en présentant un paquet ouvert à Bastien.

Ce dernier hoche simplement la tête pour refuser. Ce sera la seule parole échangée de tout le vol. L'hélicoptère monte à une hauteur suffisante pour être détecté par les radars de Séré. Il file en suivant le cours du Niger où, encore loin de la frontière, il plonge soudain pour quitter les écrans radars. Un second hélicoptère le remplace aussitôt pour donner l'impression que le seul engin visible depuis Tombouctou a tout à coup bifurqué en direction du Burkina Faso.

Bastien se tient à la poignée de sécurité près de l'ouverture donnant sur le vide. Il regarde le Gourma défiler sous lui en une étendue de pierraille grise et froide, tachetée ici et là des masses plus sombres des buissons. Il a revêtu un surtout de camouflage par-dessus ses vêtements civils. Aux bottes militaires qu'on lui a proposées, il a préféré enfiler des chaussures de randonnée, plus souples et plus confortables. Pour tout bagage, il porte à la ceinture un petit sac en cuir – une « banane », comme ont dit chez les Maliens

– contenant passeport, autorisations diverses, verres fumés et autres objets courants. Dissimulé dans une gaine en cuir à la hauteur des reins, il traîne également un Smith & Wesson, calibre 32.

Après deux heures de vol, quand il distingue la cicatrice d'un oued asséché marquant la ligne imaginaire de la frontière, il sent de nouveau son cœur s'accélérer. Pour la première fois en seize ans, il retrouve le pays de Sabine et d'Abdouhamane Ali Séré. Il retrouve les portes d'un logis d'où on l'a expulsé à coups de pied.

Pays du président Abdouhamane Ali Séré, Afrique occidentale

L'hélicoptère survole une savane arborée en contournant par intervalles la cime plus imposante d'un manguier ou d'un baobab. Quelques cases seules ou regroupées, à quatre ou cinq au milieu d'une enceinte en banco, piquètent ici et là les étendues herbeuses. Il s'agit de familles isolées ou de villages à peine ébauchés qui se fondent au cœur de la brousse africaine. Les animaux s'esquissent en pigments sombres sur la toile obscure. Lorsqu'ils s'éveillent au passage de l'appareil, leurs cris demeurent inaudibles dans le vrombissement des moteurs. Parfois, en croisant une route, on distingue le passage d'un véhicule, luciole solitaire qui crève la nuit. À une ou deux reprises, le pilote choisit de manœuvrer brusquement et d'effectuer une boucle plus longue, soupçonnant peut-être la présence d'un convoi. Mais ces changements de cap sont rares. Bastien comprend que les Américains possèdent un plan relativement précis des corridors libres où un appareil peut circuler sans courir le risque de se faire repérer.

Sous la poussière en suspension que l'harmattan tire du Sahel, les lumières de la capitale apparaissent enfin à l'horizon, dessinant un dôme ambré. L'hélicoptère pique en un virage serré pour rejoindre un terrain de sable dur tressé de coloquintes. Bastien saute par l'ouverture et provoque un nuage de spores lorsque ses pieds, en atterrissant, crèvent un fruit. La turbulence provoquée par les pales le disperse aussitôt, et l'appareil repart dans la nuit sans même avoir touché le sol.

Narines largement ouvertes, Bastien hume les parfums du semi-désert, pendant qu'il attend que le bourdonnement de l'hélicoptère se soit dissipé dans le chœur des voix nocturnes. Accroupi sur ses genoux repliés, une main touchant le sol, il attend aussi que ses yeux aient balayé tout le paysage autour de lui. Ce soir-là, un mince croissant de la lune a suivi le soleil presque immédiatement sous l'horizon. Seule la voûte luisante qui soutient les constellations jette un peu de lumière. Il distingue, dans la pénombre d'un bouquet de papayers, la lueur d'une lampe de poche qui s'allume et s'éteint à trois reprises. Il marche dans cette direction pour atteindre rapidement un quatre-quatre de couleur sombre, retranché sous le couvert des arbres. Deux grands Noirs attendent, vêtus en civil. Leur dégaine, moulée de gestes saccadés, trahit leur condition militaire. L'un d'eux a une cigarette au coin des lèvres, mais il a pris soin de ne pas l'allumer. Le point rouge du tabac en fusion peut se repérer jusqu'à près d'un kilomètre par un observateur doté d'une bonne vue.

— Le grillon tient dans le creux de la main, commence Bastien en arrivant à leur hauteur…

— … mais on l'entend dans toute la prairie, poursuit le Noir à la cigarette éteinte.

Il s'agit d'un vieux proverbe africain. « Américains stupides, songe Bastien. N'importe quel espion du pays pourrait compléter le mot de passe. C'est votre accent qui révèle que vous êtes mes contacts, pas la maxime. »

— Je prends le volant, dit-il en guise de salutation.

Les deux hommes hésitent un peu, mais quand le Français tire sur la portière du chauffeur, ils ne protestent pas. Le véhicule s'ébranle dans le crépitement des coloquintes et file en direction de la piste pavée qui mène au dôme lumineux.

La Maison de la culture est dotée d'une architecture alambiquée, inspirée à la fois du style colonial et du gothique. La section centrale, sculptée d'arcs trilobés, repose sur des colonnes dépareillées, ce qui donne à l'ensemble un aspect surréaliste. L'architecte de l'époque, celui du dictateur précédant Séré, avait sans doute voulu épater la galerie.

Vêtu d'un large boubou en basin blanc et dissimulé sous un chèche qui ne laisse entrevoir que ses yeux, Bastien, en feignant de dormir à l'ombre d'un monument dédié au triomphe de la révolution, étudie les entrées du bâtiment. Il repère les caméras de surveillance, les portes de service, les allées qui contournent les accès principaux et les rondes qu'opèrent les gardes en faction. Les deux premiers jours, il se contente d'épier et de noter les arrivées et sorties des artistes et des techniciens de la scène. Il n'aperçoit jamais de Sabine qu'une limousine noire, immatriculée des codes propres aux membres du gouvernement, qui vient la cueillir et la déposer en empruntant une voie réservée. Pourvue à l'extrémité de son antenne d'un drapeau du pays, la voiture contourne l'accès principal pour atteindre un passage pavé et fermé que surveillent trois militaires. Les spectateurs qui franchissent les portes chaque soir sont épiés à la fois par les caméras et par les gardes en civil qui pullulent dans le vestibule et les jardins. Pour Bastien donc, approcher Sabine par la Maison de la culture paraît tout à fait impossible. Par contre, s'il y a tant de mesures de sécurité pour entrer, c'est qu'on peut se permettre de limiter la surveillance entre les murs. Quiconque parvient à l'intérieur doit avoir par la suite les coudées franches pour se déplacer. C'est pourquoi Bastien conclut qu'il doit pénétrer dans l'opéra.

L'homme a la trentaine avancée ; ce genre de trentaine qui donne les épaules voûtées et le dos arqué. Cette trentaine de labeur et de privations qui calque une silhouette de vieillard et peint à la chevelure davantage de sel que de poivre. Des bras trop longs, trop maigres, émergent de son T-shirt comme des ramilles. Il flotte dans un pantalon trop grand, élimé, attaché à la taille par une cordelette. Près de lui, un garçon d'une dizaine d'années, aux mains déjà calleuses à force de travail, serre contre sa poitrine une vieille casquette aux couleurs des Dodgers.

— Tu la vois ? demande en songhaï le vieillard de trente ans.

Ils font face à la scène, à quarante bancs dans l'allée de droite. Une lampe unique, mais à diffusion étendue, jette une lumière sur l'ensemble du plateau. Divers morceaux de décor se côtoient dans une composition disparate : la demie d'un mur à l'architecture vénitienne, la poupe raffinée d'un voilier du XVe siècle… Une vague déferlante peinte sur un support de bois est figée dans son mouvement à côté d'un arbre aux feuilles de plastique. Des boîtes encore fermées, en carton ou en bois, finissent d'encombrer le plancher.

— Tu la vois ? répète l'homme.

— Oui, mon oncle, répond l'enfant. Je la vois.

Près d'un piano, sur lequel un musicien s'acharne à frapper toujours la même note, une femme altière, vêtue d'un ample boubou blanc, regarde les caisses débarquées plus tôt. Elle ne semble pas s'intéresser à la voix du pianiste, qui criaille en français.

— Je te dis qu'elle sonne trop haut. Un dixième de ton. Écoute. Mais écoute donc !

Et le pianiste continue de frapper la note en petits mouvements frénétiques. Un ré.

— Un dixième de ton ! répète la femme. Tu as idée du nombre de personnes qui peuvent distinguer le dixième de ton ?

— Mais écoute !

Encore la note insistante, parfois précédée du do pour marquer la dissonance. Ré, ré, ré, do, ré, ré…

— C'est une harmonique venue des murs, dit la femme en tournant la tête vers lui. Tu veux bien cesser de t'acharner sur ce piano ? De toute façon, on va le descendre dans la fosse d'orchestre et l'écho ne sera plus le même. Accompagne-moi pour les vocalises, les techniciens seront ici dans moins d'une heure.

— Non, non ! réplique le pianiste. Je ne peux pas supporter un piano qui joue faux. Je vais quérir l'accordeur de ce pas.

Et il disparaît par la porte donnant sur les coulisses.

— Crétin ! laisse échapper la femme. N'importe quoi pour ne pas se taper la corvée des répétitions.

Le vieillard de trente ans profite du fait que la femme soit restée seule sur la scène pour trouver le courage de s'approcher. De la main, il pousse doucement le dos de son neveu pour l'inviter à avancer avec lui.

— C'est elle, murmure l'homme à l'enfant. Madame Sabine Cissé. C'est la plus grande chanteuse d'Afrique. De toute l'Afrique, tu comprends ? Tu l'as vue dans les magazines, non ? Viens, approchons.

Ils arrivent près de la scène. Il ne la trouve pas particulièrement jolie avec ce corps trop maigre, trop juvénile, qui ne ressemble pas à celui d'une vraie femme, rond et plein, prêt à porter un enfant.

— Ma… Madame ? l'aborde-t-il, intimidé.

— Oui ?

Elle semble seulement prendre conscience de leur présence, alors qu'ils ont marché lentement dans l'allée en s'approchant.

— Je... euh... m'appelle... J'étais avec les ouvriers qui ont apporté les décors tout à l'heure. (Il pousse devant lui le garçon, qui triture sa casquette de plus belle.) Voici mon neveu Mohamed. Il... Il aimerait bien avoir votre autographe.

Elle sourit, ses dents blanches luisant sous la lampe.

— Tu as ce qu'il faut ? Pour écrire, je veux dire ?

Elle s'efforce de paraître gaie, mais un voile sur ses yeux, comme un fard discret, vient tuer l'effet. Même si elle les domine du haut de la scène, l'homme note qu'elle paraît moins grande qu'il se l'imaginait.

— Non, bien sûr, tu n'as pas ce qu'il faut. Attends.

Elle se détourne pour aller prendre un sac sur le plancher. Sa robe fait autour d'elle une corolle qui se gonfle et se rabaisse dans ses mouvements. Elle revient avec un stylo et un carnet.

— Alors, nous disons : À Mohamed, déclare-t-elle en souriant au garçon et en griffonnant dans le bloc-notes.

— Merci, Madame, dit l'homme, tandis que son neveu accepte le papier des mains de la chanteuse. Je... hum ! (Il regarde autour de lui, comme pour s'assurer que personne d'autre ne vient d'entrer dans le théâtre, puis poursuit, un ton plus bas.) J'ai un message pour vous.

Les gestes de la femme se figent.

— L'homme au cauri est là, Madame. Dans le navire.

La respiration se fige à son tour. Plus rien ne bouge dans le théâtre que les mains d'un enfant qui tordent une note et une casquette. Après plusieurs secondes, le vieillard de trente ans fait un pas en arrière.

— Au revoir, Madame. Et encore merci. Vous êtes la fierté de ce pays, Madame. La fierté de l'Afrique.

Et, la main toujours dans le dos de l'enfant, l'homme retourne dans l'allée, où la pénombre les avale.

La chanteuse demeure encore un long moment à tenter de reprendre son souffle. Sa poitrine l'étreint comme celle d'un cardiaque en pleine crise. Ses jambes sont toujours repliées au bord de l'estrade, et elle craint de perdre l'équilibre si elle cherche à se relever. Puis, comme un ressort soudain libéré, elle se redresse en pivotant et se place face aux assemblages. La poupe du navire, décor d'un «*Cosi fan tutte*» transposé à Marseille plutôt qu'à Naples, lui paraît grotesque avec ses ornements trop appuyés, ses fleurs de lys mal dégrossies, son garde-corps trop bas. Lui paraît menaçante surtout. Avec le potentiel de ce qu'elle dissimule. Potentiel de violence physique, mais potentiel aussi de violence affective. Elle s'approche doucement et pose une main sur le bois peint, comme si elle pouvait toucher l'homme qu'elle espère y trouver. Qu'elle craint y trouver.

— Bastien ? murmure-t-elle.

Il n'y a pas de réponse.

— Bastien ? répète-elle un peu plus haut.

Un bruit à l'intérieur, à peine audible, la surprend si bien qu'elle en recule de deux pas.

— Oh, par Allah ! Est-ce possible ? souffle-t-elle pour elle-même. Bas... tien, tu es là ?

— Sabine, fait une voix étouffée, venue d'une fenêtre peinte en bleu pâle. Détache le loquet derrière. Seigneur, je suffoque là-dedans.

En autant d'années, elle a peu changé. Bastien reconnaît chez elle tous les traits qui l'ont d'abord frappé la première fois. Il les retrouve comme des lambeaux de rêves qui l'ont poursuivi nuits après nuits et qui, soudain, prennent vie pour l'envelopper de leur matérialité : cette manière un peu juvénile de s'exprimer en soulevant les sourcils, cette façon de hausser les épaules, pour appuyer ses paroles, et d'animer sa main pour préciser sa pensée. Et toujours, toujours, ce déhanchement appuyé lorsqu'elle se déplace. Cette ondulation.

Elle doit maintenant graviter autour de trente-cinq ou trente-six ans ; elle conserve un port cambré de jeune fille, une poitrine petite et un ventre plat. Elle est moins jolie que dans ses souvenirs, mais il perçoit le même charme, le même charisme qui l'ont séduit seize ans plus tôt. En la tenant serrée contre lui, il ne retrouve pas le parfum de mangue, plutôt un effluve musqué de sueur d'après-midi, de peau tannée de soleil, de poussière aussi… Un parfum de femme sans artifice. De leurs larmes, ils mouillent ; lui, les cheveux qu'elle a vaguement ramenés au-dessus de sa tête en un chignon ; elle, le torse ferme et musclé du combattant.

Tous les deux claquemurés dans la loge de la chanteuse, ils doivent réapprendre, en silence, à s'apprivoiser. D'abord du bout des larmes, puis de leurs doigts qui s'enhardissent, de leurs lèvres qui s'enfièvrent, et bientôt, ils se reconnaissent comme s'ils s'étaient quittés la veille, comme s'il n'y avait jamais eu Séré entre eux, ni quiproquo ni complot. C'est comme seize ans plus tôt ; ils sont jeunes et prêts à affronter le monde et sa folie.

— Je t'ai écrit souvent, dit-il entre deux baisers. J'aurais tant voulu t'apprendre ce qui s'était réellement passé.

— Je n'ai rien reçu, jamais, réplique-t-elle en profitant de la pause pour reprendre son souffle. Jamais.

— Comme tu m'as manqué !

— Comme j'ignorais à quel point tu me manquais !

Encore blottie contre sa poitrine, elle lève les yeux pour surprendre son regard. Elle remarque le cauri qui a retrouvé sa place au cou de l'homme. Elle le saisit du bout des doigts avec une délicatesse infinie.

— Je l'ai longtemps porté sur moi, dit-elle. Il a longtemps reposé sur mon cœur.

— C'est lui seul qui m'a convaincu de revenir vers toi. Lui et le parfum de toi dont il s'est imprégné.

— Je l'ai retrouvé parmi des babioles dont j'avais oublié l'existence. À cette époque, déjà, j'avais rassemblé les éléments qui clochaient dans les agissements de mon oncle. J'avais déjà compris à quel point j'avais été dupe et à quel point on t'avait trompé, toi. Alors, ton pendentif est devenu le lien que je n'avais plus avec toi. Je l'ai mis à mon cou, sous mes robes, afin qu'il touche toujours ma peau nue. Même mon mari n'a jamais pu comprendre quelle satisfaction je tirais de ce bijou bon marché.

Il prend le visage de la femme dans ses mains, ses pouces caressant doucement la commissure de ses lèvres.

— Sabine, bon Dieu ! Pourquoi n'as-tu pas fui le pays ?

— Oh, Bastien ! comment l'aurais-je pu ? Je suis en prison ici. Une prison bâtie sur des diamants, certes, mais une prison. Mon oncle m'a mariée à mon cousin. Un pleutre et une marionnette de son gouvernement. Il n'a même pas su me faire un enfant.

— Je sais, dit Bastien. J'ai lu les magazines… enfin, ceux qui parlaient de toi.

— Il ne me touche pas ; je le dégoûte. Il préfère les petits garçons. Oh, par Allah ! tu te rends compte ? Mais de ça, mon oncle se fout. Mariée au fils de son demi-frère, son ministre de la Sécurité intérieure, je sers le régime. Ma célébrité donne une image positive du pays sur la scène internationale. On identifie un peu le gouvernement à mon personnage. En fait, moi aussi, je sers les ambitions de mon oncle. Moi aussi, je suis une marionnette.

— Ma pauvre, pauvre petite Africaine.

Elle a un léger mouvement des épaules, comme pour se blottir davantage contre lui. Mais elle se dégage, à regret, épuisée, pour s'asseoir sur la chaise de la coiffeuse. Le miroir est éclairé sur tout son pourtour par une série d'ampoules jaunâtres. Deux d'entre elles manquent au sommet, créant une trouée qui ressemble à la dentition d'un enfant ayant perdu ses dents de lait.

— Quand les Américains ont commencé à manipuler le Conseil de sécurité de l'O.N.U. pour obtenir le mandat de « libérer » notre pays, reprend Sabine, tandis que Bastien plie un genou pour se placer à sa hauteur, j'ai compris que pour moi le moment était venu de choisir mon camp. Par l'entremise de l'ambassade de France, j'ai réussi à joindre le consulat des États-Unis quelques jours avant qu'il ne soit fermé. Je n'ai rencontré le consul qu'une fois. Ensuite, j'ai eu des contacts secrets avec un agent de la C.I.A. qui communiquait avec moi pendant les récitals.

— Tu voulais faire défection ?

Elle l'observe un moment, ses yeux asséchés. Autour de sa tête, les ampoules dessinent une auréole modeste.

— Bien sûr que non, dit-elle. Je voulais négocier pour épargner les ethnies qui composent mon pays. Je ne voulais pas que les Américains nous envahissent et sèment la pagaille comme ils l'ont fait en Irak, en Somalie, au Vietnam… J'ai négocié avec eux un contrat visant à leur faciliter la tâche pour prendre le pouvoir. En échange, j'ai exigé une guerre limitée aux seuls membres du gouvernement.

Bastien lui prend la main et y pose les lèvres.

— J'ai quitté une gamine naïve, dit-il, et je retrouve une femme courageuse et engagée.

Elle sourit en glissant les doigts dans ses cheveux, s'attardant sur ses tempes grisonnantes.

— Les Américains ont refusé mon offre, soupire-t-elle. Je crois qu'ils craignaient que

273

je les trahisse. En tout cas, le risque de se faire prendre à un double jeu leur a paru trop élevé.

— Ça ne m'étonne pas de ces connards.

— Alors, l'idée m'est venue de te mêler au plan. Je donnais aux Américains un agent potentiellement utile, qui ne risquait pas de les trahir – ils connaissaient tes déboires avec mon oncle –, et si le vent tournait mal, puisque tu es Français, ils pouvaient prétendre ne rien savoir de tes motivations. Aucun fil ne les liait à toi.

— Ainsi donc, c'est à toi que je dois cette épouvantable soirée aux mains de la C.I.A.

Elle sourit en soulevant les sourcils pour prendre un air désolé.

— Mais ce complot me permettait aussi de te ramener à moi. Me donnait le moyen de te détromper et de te dire qu'avec les années, j'ai fini par comprendre que tu n'as été qu'une victime de plus parmi tous ceux qui ont souffert de la déloyauté de mon oncle.

Sa main va des cheveux à la joue de Bastien, puis retourne à ses cheveux. Sa paume est fraîche comme la peau d'un fruit.

— Il est bien tel que le décrivent les médias du monde entier, poursuit-elle, les yeux dans le vague : un despote impitoyable, un tueur psychopathe, qui n'hésite pas à torturer, à briser, à tuer ses ennemis. Tous ses ennemis. Membres ou non de son parti, membres ou non de son ethnie, de son clan… de sa famille. Mon oncle est un fou dangereux qu'il faut éliminer pour redonner un semblant de dignité à ce pays.

Elle place son visage de façon à bien percevoir les prunelles de Bastien et à déceler dans ses moindres tics la plus petite indécision.

— Tu vas me seconder, Bastien, n'est-ce pas ? demande-t-elle. Tu vas achever cette mission ? Ne me dis pas que tu n'es venu que pour moi.

Elle se laisse aller contre lui en enroulant ses longs bras autour de son cou et en nichant son nez contre son oreille.

— Ou plutôt, si ! Dis que tu n'es venu que pour moi. Dis que tu as couru me retrouver parce que je t'appelais à mon aide. Je t'en prie.

— Sabine…

— Je t'en prie. Dis que tu m'aimes.

— Sabine, as-tu conscience que si je poursuis la mission pour laquelle les Américains m'ont envoyé ici, c'est pour participer à l'assassinat de ton oncle ? Que si j'accepte de collaborer au plan pour lequel vous avez conspiré, c'est pour m'attaquer au membre le plus important de ta famille ?

— Si tu collabores avec nous, Bastien, ça permettra d'éviter une guerre perdue d'avance. Bien sûr, les Américains veulent notre pétrole, nos mines, nos plantations… Les Américains veulent placer des pions en Afrique. Nous ne voulons rien leur céder, mais avons-nous le choix quand les bottes des Marines résonnent déjà aux quatre frontières ? C'est devant les tribunaux internationaux que nous recouvrerons notre souveraineté, pas en mourant sous les bombes téléguidées, et surtout pas pour un homme assoiffé de pouvoir. Pour un homme qui ne défend pas les intérêts de son peuple, mais ceux des comptes bancaires à son nom, qui se multiplient en Europe. Si l'armée s'effondre à la suite de l'assassinat de mon oncle, alors les Américains n'auront pas de raison de s'attarder chez nous. Les pressions internationales les forceront à repartir au plus vite, et au plus vite nous regagnerons notre liberté. Ne crois pas qu'ils aient oublié l'expérience en Irak.

— Madame Cissé ?

La voix est venue de derrière la porte de la loge.

— Ma maquilleuse ! dit Sabine en se levant brusquement. Qu'Allah nous protège ! j'ai oublié l'heure.

Bastien lève les yeux au plafond et note les tuiles suspendues.

— Pas de panique, chuchote-il. Je peux aller me cacher là-haut le temps que le théâtre se vide à la fin de la soirée.

— Madame Cissé, vous êtes là ?

— Un moment, Amaméga ! Je vais t'ouvrir.

Elle se tourne vers Bastien pour se blottir une dernière fois contre lui, mais il est déjà debout sur un meuble, à déplacer une tuile.

— Tu m'appuieras, Bastien, n'est-ce pas ?

À la force des bras, il se hisse dans le plafond. Son dos s'arrondit sous l'effort, tandis que ses biceps se gonflent. Il prend pied sur une solive de métal. Son visage réapparaît dans ce qui reste d'ouverture avant que la tuile ne retrouve sa place.

— Je resterai dissimulé dans le bâtiment, murmure-t-il. Apporte-moi à manger. Je te retrouve ici même, demain.

L'ouverture est presque complètement refermée lorsque Sabine insiste :

— Bastien !

— Quoi ?

— Tu ne m'as toujours pas dit que tu m'aimais.

Leurs corps se sont d'abord étudiés en frôlements timides, hasardant des caresses, des effleurements... Tous deux se guident d'un glissement du corps, d'une pression de la joue, d'une ondulation du bassin. Et, quand ils sont familiers avec les gémissements et les soupirs de l'autre, ils entremêlent bras et jambes pour se donner en étreintes passionnées. Ils font l'amour à trois reprises, sur une couverture posée à même le plancher de ciment ; elle leur paraît la plus confortable des couches. Dans l'univers clos de la loge de Sabine, ils trouvent tout un monde de bonheur et de volupté. Ils dorment un moment, leurs corps nus enlacés, mouillés de sueurs, parfumés d'humeurs. Ils se sont donnés à la fois avec fougue, ardeur et tendresse, dans l'espoir de rattraper un fragment – un bien mince fragment – des seize années arrachées à leurs rêves. Ce n'est que plus tard, bien plus tard, quelques minutes avant l'arrivée des musiciens et des techniciens, qu'ils parlent de nouveau de la mission.

— Tu n'auras pas à aller loin pour repérer mon oncle, dit Sabine en enfilant son boubou par-dessus sa tête.

— Tu as un tuyau ?

— Demain soir, il assistera à la représentation avec l'ambassadeur de Hongrie, le nouveau membre temporaire du Conseil de sécurité de l'O.N.U.

— Il sera ici ?

— Balcon du centre. Celui avec les rideaux rouges.

— Je pourrai l'approcher ?

— Impossible. Quand le président assiste aux opéras, tous les accès aux balcons sont gardés par des montagnes de muscles armées jusqu'aux lobes des oreilles. Il te faudrait un tank pour t'infiltrer.

— À moins que je ne sois déjà dans la place quand ils se pointeront.

— Ils ratissent tout l'étage et prennent position au moins six heures avant l'arrivée du président.

— Ce qui me donne vingt heures d'avance.

Elle frissonne, malgré sa peau encore dégoulinante de sueur.

— Par Allah ! s'exclame-t-elle en allant se blottir contre sa poitrine. Maintenant que mon plan se concrétise, que tu as accepté de participer au complot, j'ai peur. Pour toi. Pour moi. Je ne suis plus certaine qu'il s'agisse bien de ce que j'attends de... de nous.

Il l'embrasse dans les cheveux et appuie la joue sur sa tête.

— Tout ne peut que bien fonctionner, ma petite Africaine, dit-il dans un murmure. Ce n'est pas possible, après si longtemps, de se perdre de nouveau. Ce n'est pas possible que la destinée, qui nous a permis de nous retrouver, se soit donnée tout ce mal pour si peu.

Mais il réprime, lui aussi, la peur qui s'immisce dans ses veines. Il ne croit pas un mot de ce qu'il avance, se rassurant simplement de sentir la femme trembler moins entre ses bras.

— Bonaparte à Cochise.

Le micro est relié à un écouteur enfoncé dans son conduit auditif. À sa ceinture, une boîte à peine plus grosse qu'un paquet de cigarettes, dotée d'une antenne minuscule, sert à la fois d'émetteur et de récepteur. L'appareil opère en mode numérique sur plusieurs fréquences alternatives, rendant la source impossible à repérer, ses codes brouillés par un système à 256 bits. Une merveille de miniaturisation qui n'aurait pas déplu au héros de Fleming. La voix de son contact apparaît à Bastien sans friture, aussi claire à son oreille que s'il se trouvait dans la pièce voisine. L'Américain, pourtant, se terre quelque part dans la capitale, à deux, cinq ou dix kilomètres, peut-être, de lui.

— Cochise *listening*.

— Je suis à la rivière. Le bison viendra boire dans huit heures.

— Bison comestible ou appât à coyotes ?

— Bonaparte sera certain quand le bison sera en train de boire.

— Où est la rivière ?

— Carte 2, élément 28.

— Cochise est en route.

— Qu'il ne s'égare pas dans la prairie.

— Ugh !

L'opéra est un bâtiment qui, d'édicule, a été relié à l'édifice de la Maison de la culture longtemps après leur construction. La partie qui sert de joint aux deux structures a été édifiée à la hâte en laissant de nombreux conduits vides, là où l'on supposait que les électriciens, les électroniciens ou les plombiers convoieraient leurs câbles et tuyaux. Pour des raisons connues des architectes seuls, une fois qu'un homme parvient à se glisser dans une ouverture, il peut ramper d'un mur à l'autre et parcourir toute la surface des plafonds du bâtiment. Bastien, à se dérober au-dessus des tuiles des coulisses, n'a pas été long à trouver la faiblesse de la structure. Aussi, en quelques heures, il est parvenu à se hisser dans la partie la plus haute, au milieu du réseau de câbles électriques qui alimente le système d'éclairage du théâtre. Il a réussi à soustraire une pièce décorative qui borde l'attache de métal d'un lustre se balançant non loin des balcons. Dans l'ouverture qu'il s'est ainsi créée, il peut surveiller toute la zone des loggias et, plus particulièrement, celle du centre.

Dès le début de l'après-midi, il a épié les premiers policiers qui, accompagnés de chiens pisteurs, ont inspecté la zone. Bastien a senti sa nuque se hérisser quand les animaux se sont excités près des passages qu'il a empruntés au matin, mais les gardes n'ont pas semblé y prêter beaucoup d'attention. Ceux-ci, de toute évidence, cherchent des présences tangibles d'intrus, pas des pistes qui longent des murs nus. Pendant ce temps, d'autres policiers, toujours aidés de chiens, parcourent les espaces entre les allées et les rangées à la recherche d'éventuels engins explosifs. Vers dix-sept heures, le va-et-vient se modère, et les hommes demeurés sur place se positionnent dans les aires donnant accès aux loges. L'opéra reprend un aspect plus tranquille, brusqué seulement par instants lorsque les choristes, à faire leurs vocalises, poussent une note plus haute ou éclatent de rire. Vers dix-huit heures trente, les premiers musiciens commencent à arriver, mêlant leurs voix aux timbres des instruments qu'on accorde. Puis ce sont les lustres de la salle qu'on allume, apportant une lumière plus vive dans le réduit où Bastien s'est glissé. Il peut distinguer, sans plus de lampe de poche, les câbles, la poussière de plâtre et les solives au milieu desquels il rampe depuis le matin.

On laisse entrer les spectateurs à compter de dix-neuf heures trente. Bastien observe la gent guindée du pays, les riches industriels, les membres du gouvernement, la haute classe venue – et parvenue – des alliances forgées avec le pouvoir de Séré. De sa position, Bastien n'aperçoit pas les visages assez bien. Il ne distingue que des dessus de crânes à demi chauves, de hautes coiffures élaborées et quelques chapeaux. Il se demande combien de ces hommes et de ces femmes il reconnaîtrait s'il se plaçait face à eux. Sans doute les seuls et rares ministres de Séré qui lui sont demeurés fidèles depuis la révolution. La plupart des collaborateurs de l'époque ont fini par se lasser des jeux de pouvoir du président, ont contesté à un moment ou à un autre une idée ou un projet. La prison, la torture et l'assassinat pur et simple ont été leur lot. Leur récompense. Combien restent des putschistes idéalistes qui ont voulu reconstruire le pays sur les cendres du dictateur précédent ? Aucun, très probablement.

Bastien note que la salle, au tiers occupée, n'accueille que des Noirs à une ou deux exceptions près. La plupart des ressortissants étrangers et des diplomates occidentaux ont été rapatriés devant la menace d'invasion américaine. Aucun touriste ne visite plus le pays depuis des lustres. Les quelques rares Blancs à fréquenter encore la clique de Séré sont des responsables d'organismes caritatifs, qui attendent du gouvernement autorisations et blancs-seings pour amener l'aide humanitaire aux populations éloignées. Deux ou trois représentations étrangères – la Hongrie, par exemple – se hasardent encore à séduire Séré, accrochées au rêve de gloire que susciterait une victoire diplomatique sur la folie belliqueuse de l'Amérique. Mais leurs tentatives semblent bien vaines ; toutes les grandes puissances – la France, la Grande-Bretagne, la Russie, l'O.N.U. elle-même – ayant déjà baissé les bras. Séré ne reculera pas ; les Américains non plus. Les deux camps se sont déjà trop compromis pour rétrograder sans perdre la face. Tous deux convoitent les richesses de l'autre, comme deux étoiles qui gravitent en duo en s'arrachant mutuellement leurs matières : qui les billets verts, qui le pétrole. La force d'attraction rendue trop considérable pour arrêter la fusion, la plus grosse finira par avaler la seconde, risquant l'implosion.

À vingt heures dix, les lustres s'éteignent pour céder toute la lumière aux projecteurs qui éclairent la scène. Pendant que s'ouvrent les rideaux des planches, ceux de la loge rouge s'agitent également. Ils se séparent au centre pour laisser apparaître la tête d'un garde, qui scrute la salle un moment. Puis les deux pans s'éloignent l'un de l'autre en dévoilant six fauteuils riches, déjà occupés. Le cœur de Bastien bondit à la fois d'excitation et d'appréhension. Sur l'un d'eux, il reconnaît la silhouette de Séré, accompagné de ses deux épouses, de la mère de Sabine ainsi que de l'ambassadeur de Hongrie et de sa femme.

Armé de jumelles aux lentilles polies d'une couche antireflets, Bastien se positionne de façon à pouvoir viser la loge à travers la mince ouverture qui lui sert de poste d'observation. En dépit de la pénombre, il retrouve bien les traits vieillis, mais inoubliables, du dictateur. Son visage de brute, marqué de traits durs et d'un regard fauve, apparaît sous une couronne de soie : un chèche noir aux reflets vaguement violets. Un boubou de même étoffe recouvre ses larges épaules, qui masquent entièrement le dossier du fauteuil pourtant imposant.

Bastien reconnaît tout de lui, du foulard aux genoux. Il est simplement plus vieux. Qu'est-ce qui le distinguerait de ses sosies ? Qu'on ne peut pas reproduire ? Rien sans doute qui puisse se repérer de cette distance.

Il passe un long moment à l'observer et à scruter le moindre geste des femmes près de lui qui, par leur attitude, leurs gestes plus réservés, indiqueraient qu'elles se trouvent en présence d'un jumeau plutôt que du dictateur lui-même. Il étudie leurs rictus, leurs œillades, leur façon de se tourner vers lui quand elles lui adressent la parole. Il considère leur façon de se sourire entre elles, de se parler par signes pour ne pas incommoder les occupants des autres loges. Bastien note aussi le bras gauche du président, qui pend sans vie à son côté. Ce bras qu'il a jugé normal d'abîmer, à l'époque, afin de se prévaloir des diamants. Un sosie peut tromper en laissant pendre son bras, mais il peut aussi se trahir rien que par un réflexe bête, un mouvement involontaire dû à un événement inattendu sur sa gauche. L'incident espéré se produit à l'entracte.

Une fois les lustres rallumés, juste avant que l'on referme les rideaux de la loge, la première épouse de Séré, assise sur le fauteuil à sa gauche, se lève. Dans son mouvement un peu précipité par un besoin naturel sans doute pressant, elle bute contre le pied du fauteuil et trébuche vers son mari. Celui-ci soulève simplement l'épaule en guise de réflexe et porte la main droite vers la femme pour la retenir. Celle-ci n'a même pas le temps de perdre son attitude hautaine, elle sourit à son mari en posant sa main contre la sienne puis, après un mot d'excuse au couple hongrois, suit un garde vers l'arrière de la loge. Les rideaux se ferment dans la seconde qui suit.

Bastien n'a rien perdu de l'épisode, et la conclusion qu'il en tire ne fait qu'accroître ses doutes. Séré a réagi exactement comme l'aurait fait un homme privé de l'usage de son bras depuis des années. Mais l'accident est-il fortuit ou prémédité ? S'agit-il d'une mise en scène visant à confondre les témoins ? Il est étrange de constater le synchronisme de la fermeture des rideaux avec l'incident.

— Cochise à Bonaparte.

— Bonaparte en fonction.

— Le bison est-il bien à la rivière ?

— Affirmatif.

— Viande ou carton ?

— Impossible à sentir d'ici. Déplacement prévu.

— L'Indien retient sa fougue.
— Il a atteint la rivière ?
— Affirmatif.
— Alors qu'il boive et attende.

À la fin de l'entracte, les rideaux de nouveau ouverts, Bastien reprend sa position derrière les jumelles. Quatre-vingt-dix minutes
s'écoulent encore. L'agent français commence
à envisager sérieusement l'éventualité de
descendre de son perchoir pour tenter le tout
pour le tout dans les couloirs attenant aux balcons. Au moment où Sabine chante les notes
suraiguës d'une aria, sur les affres d'un amour
désespéré, la seconde femme de Séré fait une
remarque à l'oreille de son époux. Dans l'attitude désinvolte que celui-ci tente d'afficher,
son sourcil droit se soulève en un soubresaut
involontaire. Bastien en échappe presque ses
jumelles ; il n'a pas besoin de preuves supplémentaires. Son cœur bat dans sa poitrine
avec la même frénésie que s'il se retrouvait
brusquement face à face avec le dictateur au
détour d'un couloir. Abdouhamane Ali Séré
en personne occupe le siège qui lui est réservé
dans le balcon aux rideaux rouges !
— Bonaparte à Cochise.
— Cochise écoute.
— Le bison est de viande. Le bison boit
à la rivière.
— Probabilité d'erreur ?

— Dix pour cent.

— L'Indien déterre la hache.

Bastien attend que l'aria de Sabine se perde dans le tumulte des instruments, qui marquent maintenant la détresse finale de l'héroïne. Lorsque la salle croule sous les applaudissements, il quitte son poste et se glisse vers l'ouverture qui lui permet de retrouver enfin l'air libre. Selon le plan prévu, Bastien déguerpit sans demander son reste, tandis que les troupes américaines déferlent sur toutes les frontières à la fois. Tous les emplacements susceptibles de recevoir la visite de Séré ont été étudiés et seul le *sniper* est au courant des moyens à sa disposition et de la fuite prévue. Bastien ne connaît aucun détail supplémentaire. Il a refusé de jouer un rôle plus important que celui d'identifier le dictateur avec le plus de certitude possible et d'en informer le tireur.

— Aux Amerloques de jouer, maintenant ! murmure-t-il pour lui-même, tandis qu'il s'extirpe d'un conduit pour aboutir sur les solives près de l'entrée donnant sur les escaliers.

Dans la pénombre de son espace restreint, il note un mince trait de lumière venu de deux joints mal équarris dans un angle que forme le passage des escaliers. Il avance sur les travers et s'en approche, espérant y épier les occupants des loges, qui descendent vers la sortie. En y collant un œil, il distingue plusieurs spectateurs qui passent sous lui selon un angle où il peut distinguer leur visage. Dans la multitude, il ne reconnaît que deux ou trois anciens ministres, plus vieux, plus courbés, mais qui continuent de se donner des airs de révolutionnaires farouches et invincibles. Les cheveux totalement blancs sur un visage parcheminé, il replace, entre autres, le général Omar al-Husseini, autrefois responsable du S.R.E.M.I.S.E. Il a survécu à la blessure infligée par Bastien, mais a-t-il survécu, dans son cœur, à la trahison de son président ? Car il est impossible aujourd'hui que le général n'ait pas compris le rôle de Séré dans le complot. Comment peut-il continuer à le seconder avec la même servilité ? A-t-il bénéficié en retour d'une partie des trois cent cinquante millions ? Comme l'espèce humaine manque de dignité quand vient l'heure des comptes ou d'éprouver le courage !

Puis, après un moment sans plus de spectateurs, l'escalier accueille quelques gardes armés qui précèdent l'ambassadeur de Hongrie et sa femme. Apparaissent ensuite le boubou noir de Séré et les robes de ses épouses. L'une d'elles se plaint d'avoir oublié une veste dans la loge, et un garde s'empresse de s'offrir pour retourner la chercher. Tout le monde ralentit le pas pour lui donner le temps de revenir. Bastien distingue plus particulièrement Séré, qui se trouve au centre, protégé par les gardes. Il ressent un trouble singulier de tenir entre ses mains le sort de celui que, toute sa vie, il a considéré comme son pire ennemi. Il peut dégainer son revolver et tirer là, droit dans cette poitrine honnie, et venger seize années d'exil et de faux-fuyants. En ressentirait-il du soulagement ? Pas davantage, non. Qu'il ait à tirer lui-même ou qu'il permette à un autre de tirer à sa place le rendra tout aussi responsable de la mort du dictateur. Pour lui, la vengeance semble entière d'un scénario à l'autre. Alors pourquoi ressent-il encore toute cette amertume ? Bon Dieu ! La vengeance ne devait-elle pas être un baume ? Un remède ?

Bastien manque hurler de surprise. Tandis que la mère de Sabine passe devant Séré pour descendre quelques marches, l'homme l'invite à passer en soulevant légèrement sa main gauche ! Sa main gauche ! En une seconde, le bras a retrouvé sa position ballante, mais le réflexe l'a trahi.

— Bonaparte à Cochise, murmure Bastien dans le micro, tandis qu'il se relève pour filer en direction du plafond des loges.

— Cochise *listening*.

— Opération annulée. Le bison est un appât.

— *What ?* Mais l'opération est débutée.

— Annulation. Je répète : annulation ! Le bison a filé par une autre sortie pendant qu'un leurre a pris sa place à l'entrée.

— Mais il est trop tard, *Goddam* !

— Pas trop tard tant que tu n'as pas tiré. Fous le camp, andouille !

— *Son of a bitch* ! La hache est lancée !

— Comment ça, la hache ? C'est quoi, ce code ? Tu as envoyé un autre tireur à ta place ? Je parle à qui, là ?

— La hache, *fuck* !

— Crétin !

Pendant qu'il franchit les solives en se retenant aux poutres qui s'entrecroisent sur son passage, Bastien arrache l'écouteur de son oreille et jette la radio dans un renfoncement de ciment.

— Bande d'amateurs, d'imbéciles, de connards, de bouffeurs de ketchup de mon cul ! marmonne-t-il, furieux, en fonçant vers les coulisses. Mais quelle sorte de plan à la noix ces abrutis ont-ils concocté pour ne pas pouvoir mettre fin à l'opération en cas de pépin de dernière ?...

Il s'interrompt brusquement en figeant sur place. Une sueur abondante lui couvre aussitôt le front et la nuque, et il lui semble que ses lèvres se glacent.

— La hache ! souffle-t-il. Un tomahawk ! Ces criminels viennent de balancer un missile en direction du théâtre. Mon Dieu ! Sabine !

Sans plus se soucier de prendre garde au bruit, Bastien se met à sauter d'une solive à l'autre, jusqu'à atteindre la partie du bâtiment donnant sur la salle. Il fracasse du pied le plâtre du plafond et descend au sol en se retenant aux câbles des projecteurs d'appoint, sur les côtés de la scène. La salle exhale de forts effluves, combinés de sueur et de parfums luxueux. Des techniciens sur la scène sont déjà à récupérer le matériel, tandis que quelques spectateurs s'attardent dans l'espoir de rencontrer les artistes. Un ou deux musiciens signent des autographes sur des exemplaires du programme de la soirée. Plusieurs femmes poussent un cri de surprise en apercevant Bastien qui atterrit un peu lourdement sur les planches.

— Fuyez ! hurle-t-il en agitant les bras. Tout va exploser ! Les Américains ont lancé un missile !

Ignorant si les gens réagissent à ses cris, il court en direction de la loge de Sabine. Il est surpris de croiser un garde près de la porte. Avant même que celui-ci ait le temps de réagir en pointant son pistolet-mitrailleur, Bastien lui balance son poing au visage, l'étendant net. Il ouvre la porte d'un geste brusque, bouscule malgré lui une maquilleuse… et se trouve nez à nez avec Ali Séré !

— Bastien ! hurle Sabine en l'apercevant du fond de la pièce, où elle finit de nouer un foulard sur sa tête. Près d'elle, son cousin de mari semble s'impatienter.

Pendant plus d'une seconde, une longue seconde, Bastien et Séré se dévisagent, aussi surpris l'un que l'autre de se retrouver ainsi vis-à-vis. Au moment où Bastien porte la main derrière son dos pour dégainer le Smith & Wesson, les réflexes de combattant de Séré se réveillent. D'un mouvement vif, il décoche un crochet du droit, que Bastien tente d'esquiver en relevant l'épaule. Il ne fait que dévier légèrement la charge et reçoit la quasi-totalité du choc juste sous l'oreille. Il s'effondre en ayant l'impression que la planète entière vient d'exploser autour de lui. D'autres coups le heurtent presque aussitôt, à la tête et aux côtes, et il se demande, dans la confusion qui meuble maintenant son esprit, comment Séré peut s'acharner sur lui avec autant de force et de rapidité. C'est comme s'ils étaient plusieurs à le frapper en même temps. Il perd conscience en ayant l'impression d'avaler tout un seau de stuc.

Lorsque Bastien reprend enfin ses esprits, la bouche remplie de plâtre et de sang, il gît au milieu d'un désordre inexprimable. Tout est à la fois blanc et sombre, une poussière de gypse se découpant dans les lueurs d'un incendie plus loin. Ses jambes sont immobilisées par une poutre de bois, elle-même retenue par un lourd pilier de métal. Plus tard, Bastien comprend que la première lui a servi de rempart pour empêcher la deuxième de lui fracasser les os. Il met un long moment à attendre, inspectant en pensée le moindre muscle de son corps, les faisant bouger, réagir, s'assurant par la même occasion qu'aucune douleur extrême ne vient révéler de fractures. Il repousse un monceau de tuiles qui lui recouvre la poitrine et se lève sur les coudes. La première chose qu'il aperçoit près de lui est la tête de Séré, ouverte sur le pariétal, des portions de cerveau étendues sur six centimètres. Une large section détachée du miroir de maquillage lui a également sectionné une cuisse. Sa jambe n'adhère plus au reste de son corps que par quelques ligaments tenaces. L'artère fémorale goutte encore au-dessus d'une mare de sang.

Près de Séré, Amaméga, la maquilleuse, repose dans une position fœtale, la tête détachée des épaules. La lueur des flammes donne un éclat fantomatique à ses prunelles ouvertes. Sa main droite, orientée vers le haut par un bras tordu, continue d'agiter, en spasmes *post-mortem*, un index qui semble faire signe à Bastien d'approcher. Celui-ci finit de repousser les gravats sur son abdomen et s'assoit. Son esprit recommence à fonctionner et à séparer le rêve de la réalité. À la seconde où il note que ses jambes sont intactes et qu'il peut les retirer de sous les poutres entrecroisées sur lui, il se rappelle Sabine.

Aussitôt, il cherche à se remettre sur pied, mais un étourdissement l'oblige à demeurer à genoux un moment. Il balaie la pièce du regard en tentant de crier. Un murmure seulement émerge de ses poumons.

— Sab… Sabine.

Il tousse en recrachant un nuage de plâtre et de poussière de ciment. Il voit Cissé, le mari pédéraste, bien appuyé contre la cloison d'un mur, qui semble observer la deuxième moitié de son corps à l'autre bout de la loge. Une pièce de bois affûtée l'a sectionné proprement à la hauteur de l'abdomen. L'homme paraît presque paisible, avec ses cheveux demeurés coiffés et ses paupières à demi closes. Bastien parvient à se remettre debout et fait quelques pas dans la direction où il a aperçu Sabine en entrant dans la loge. Il enjambe chevêtres, poutres et longerons en repoussant des câbles qui pendent du plafond crevé. Il trouve d'abord un pan de robe blanche, maculé de poussière, qui émerge d'un monceau de tuiles. En son milieu plonge une poutre de ciment. Frénétiquement, Bastien repousse les pièces de stuc et découvre le visage de la femme avec le même choc qu'un train vous happe au passage. Sa peau, blanchie par la poussière, renvoie un éclat lugubre sous la lumière faible de l'incendie à l'autre bout du bâtiment. Bastien dégage encore plus de débris pour découvrir que la poutre de ciment a trouvé appui sur la petite poitrine, ses assises mortelles bien appuyées sous les seins. Le poids de la structure agit comme un garrot temporaire qui empêche tout écoulement de sang, mais qui ne peut empêcher la mort d'accomplir sa besogne. Avec des mouvements délicats, Bastien nettoie les joues de Sabine en pleurant. Il n'est pas surpris de voir les paupières se soulever vers lui ; il est chagriné plutôt de constater que la femme est consciente de vivre ses derniers instants. Deux prunelles noires, pareilles au charbon dont les braises tièdes s'essoufflent, se fixent sur lui. Les lèvres pleines s'ouvrent pour entamer un au revoir, mais ne trouvent pas l'énergie pour formuler le moindre mot. Comme le voile des pupilles s'épaissit, Bastien se penche simplement pour coller sa bouche contre celle de la femme.

— Je t'aime, murmure-t-il, ses lèvres sur celles de Sabine.

Elle exhale un dernier soupir, qu'il aspire dans sa propre poitrine comme s'il venait de boire l'âme qui s'échappait. Il demeure ainsi un moment, soudé à elle par la bouche, laissant ses larmes tomber et mouiller les prunelles mortes. Il pleure longuement et n'a pas conscience des secouristes qui l'emmènent en direction des ambulances.

Épilogue

« Quand on tombe dans l'eau,
la pluie ne fait plus peur. »
Proverbe russe

Le port de Djibouti grouille de toute l'ef-
fervescence habituelle. Dans le soir sans lune,
les navires de guerre français, mêlés aux bou-
tres et aux *dhows*, illuminent les docks de
leurs feux trop puissants. La torpeur de l'après-
midi a maintenant fait place à la frénésie coutumière des heures fraîches, et les marchands
circulent au milieu des dockers et des marins
en permission. Militaires français coudoient
Afars, Issas, Yéménites, Somalis, Sha'biyyah,
dans une marqueterie colorée et vivante.

Assis sur un bollard, les coudes appuyés
sur les cuisses, Bastien observe la vie du port,
de l'air détaché de celui qui n'est que de passage. Il tente d'isoler parmi les grincements
de poulies, le craquement des gréements, le
braiment des ânes et la pétarade des véhicules, les vagues de la mer Rouge, qui viennent clapoter sur les piliers de bois. Il met un
moment avant de comprendre que le cri qui
perce depuis quelques secondes est la voix
de Bella qui l'appelle. Il se tourne et l'aperçoit, non loin d'une rampe de chargement,
en train de lui faire signe. Elle ne s'approche

297

jamais à plus de dix mètres d'un quai. Elle raconte qu'il s'agit d'une phobie venue de son enfance, où elle a failli se noyer.

Bastien se lève en notant qu'elle agite une feuille de papier au-dessus de sa tête.

— Qu'est-ce que tu fous ici ? demande-t-elle, alors qu'il la rejoint. Ça fait une demi-heure que je coure après toi.

— Qui s'occupe du bar ?

— Les jumelles. Il n'y avait pas beaucoup de clients et il est temps qu'elles apprennent à se débrouiller. Tiens, prends ceci. C'est un fax envoyé par France-Exports au Caire. Jérémie a appelé mille fois. Comme tu n'étais jamais là, il m'a envoyé ce truc en me demandant de te le remettre en mains propres.

Il saisit le bout de papier entre ses doigts en demeurant figé, comme s'il n'était pas certain de devoir l'accepter.

Bella le fixe en penchant un peu la tête pour saisir son regard trop bas.

— Et puis, tu m'inquiètes, de toute façon. Ça va aller ? demande-t-elle en prenant un ton compatissant.

— Ça va aller.

— Tu n'es plus le même depuis ton retour du Mali. Il y a quelque chose de plus qui s'est brisé en toi, pas vrai ?

— Je suis désolé. Je ne veux pas que tu t'inquiètes pour moi.

— J'aimerais tant pouvoir t'aider, mais tu ne me racontes rien. Tu as des ennuis, dis ?

— Non, mes ennuis sont terminés maintenant.

— Alors pourquoi tu es plus triste que jamais ?

Il pose une main sur son visage et caresse de son pouce la petite joue noire. Comme pour la plupart des hommes, lorsqu'il regarde une femme, le réflexe de Bastien est de déterminer si elle est jolie ou non. Pour Bella, il n'y parvient pas. Elle est pour lui un peu plus qu'une simple femme ; c'est la petite sœur qu'autrement il n'a jamais eue.

— Retourne au bar, dit-il. Je n'ai aucune confiance dans les jumelles. Encore un quart d'heure et elles seront plus saoules que les clients.

— J'ai peur davantage pour toi que pour le bar.

— Je te dis que je m'en tire très bien. Allez, va.

— Ne te jette pas au bout du quai.

— Je détesterais mourir mouillé.

Elle hésite encore en souriant à demi. Elle pince les lèvres, comme pour retenir des mots qu'elle ne veut pas dire, puis tourne les talons. Il la regarde marcher un moment, les marins se retournant sur son passage en sifflant.

« Salut, Bastien,

J'ai reçu un rapport de l'« Agence », concernant les derniers événements. Tu dois être soulagé. Enfin, je veux dire, en partie. Tu n'es plus sur la liste des « Boudinés » ni sur celle des « Ketchup ». Tu es lavé. Après seize ans, pas trop tôt. Je ne te raconterai rien à propos de la situation en Afrique de l'Ouest. Il n'y a pas un détail que je connaisse que tu ne puisses lire dans les journaux. Je t'écris seulement pour te transmettre mon amitié. De tout ce que j'ai fait pour toi, je ne trouve pas un clignement de cil qui me rende vraiment fier de moi, mais je veux que tu saches que j'ai toujours apprécié ta collaboration, ton idéalisme et, pourquoi pas, ta façon un peu puérile de voir le monde. De l'imaginer plus humain qu'il ne l'est vraiment. Qu'il ne le sera jamais. La terre appartient aux marchands et à ceux qui défendent le commerce par la force. Elle n'appartiendra jamais aux rêveurs de notre espèce. Je veux seulement que tu saches que je suis de ton côté, pas du leur.

Maintenant que tu es davantage libre de tes mouvements, il y a encore plus de place pour toi dans l'organisation. Si tu veux continuer à nous aider à changer le monde, voici un numéro de téléphone. Retiens-le par cœur et détruis le fichier. Tu appelles quand tu veux.

Amitiés,

Jérémie Moulin, Président ; France-Exports, S.A. »

Bastien ne relève pas le numéro de téléphone. Il arrête un marin qui, cigarette au bec, passe à sa hauteur. Il lui demande du feu. Le garçon s'étonne de voir l'homme allumer le bout de papier qu'il tient entre ses mains. Bastien attend qu'il ne reste plus qu'un coin à consumer avant de laisser la note enflammée s'envoler dans la brise du soir. Elle virevolte un moment comme une luciole étourdie, puis se disperse en cendres dans les eaux de la mer Rouge.

Une sterne passe au-dessus de lui en criaillant, allant d'un bâtiment à l'autre à la recherche des reliefs que les pêcheurs rejettent. Le nez en l'air, il observe son vol erratique. Une petite main tire sur sa chemise, et Bastien baisse les yeux sur une fillette dépenaillée qui lui réclame quelques francs. Sur un plateau de paille tressée, elle offre des mangues trop mûres. Dans ses larges yeux noirs déjà désabusés du monde, dans son sourire trop triste pour séduire, il lit toute la détresse de l'Afrique. Quand, à l'aide d'un couteau à la lame rouillée, elle ouvre un fruit, un parfum fort et sucré s'échappe. Il ne résiste pas plus longtemps et éclate en sanglots.

Notes aux lecteurs

Nathasha... Natasha...

Les bavures décrites dans le récit sont authentiques : celle des technocrates qui ont envoyé des jeunes de moins de vingt ans se faire massacrer dans les rues de Groznyï, celle de la petite fille confondue avec un *sniper*... Seule la bicyclette piégée, bien que relevant également d'un fait véridique, a été inspirée d'une autre guerre : celle qui a cours en Colombie.

Guinée Palace

Mille francs guinéens équivalent environ à 78 cents canadiens.

Les faits sur lesquels repose le récit de *Guinée Palace* relèvent de situations réelles, tant les prisons non répertoriées que les abus de pouvoir imputables à certaines O.N.G. Les femmes et les enfants constituent 80% des vingt-deux millions de réfugiés à travers le monde et sont particulièrement vulnérables à la manipulation, à l'exploitation et à la violence sexuelle. Les camps en Guinée ne sont qu'un exemple parmi des centaines de refuges pour victimes de la guerre ou de désastres naturels partout dans le monde. De l'information est disponible sur les sites Internet de *Human Rights Watch* (http://www.hrw.org/french/), d'Amnistie internationale (http://www.efai.org) et de l'O.N.U. (http://www.onu.fr).

Tous les personnages sont fictifs. Le camp de Foréguékou n'existe pas.

Et Dieu perd son temps

Bien que ce chapitre se déroule à la fin des années quatre-vingt, la problématique de l'émigration des enfants demeure d'actualité dans les pays les plus démunis d'Afrique occidentale. Des convictions traditionnelles à propos d'un Eldorado voisin et un manque d'information sur les dangers suscités par les passeurs alimentent le commerce de la main-d'œuvre à bon marché pour les plantations et les mines. À cheval sur des frontières issues du temps des colonies et qui ne respectent pas leurs territoires ancestraux, plusieurs ethnies ne tiennent pas compte des formalités de passage d'un pays à l'autre, rendant difficile la lutte contre l'exploitation des immigrants.

Je remercie Martine Bernier (qui, au moment de l'écriture de ce récit, travaillait pour l'organisation *Aide à l'enfance Canada / Save The Children*) pour le temps consacré à m'expliquer la situation des enfants en Afrique occidentale. Les nombreux rapports qu'elle m'a remis m'ont permis de mieux comprendre les problématiques rencontrées par les émigrés d'âge mineur et la façon d'opérer des passeurs sans scrupules, qui maraudent aux frontières du Mali et du Burkina Faso. J'ai pu constater de visu la vulnérabilité des enfants laissés à eux-mêmes dans les rues des différents grands centres de cette région du monde.

Il est possible de connaître le travail de *Aide à l'enfance Canada* sur le site : http://www.savethechildren.ca/fr/index.html

Site Internet de l'auteur : www.chez.com/camillebouchard

Courrier électronique de l'auteur : Camillebouchard2000@hotmail.com

Table des matières

Dans la même collection

Achevé d'imprimer
sur les presses de AGMV-Marquis
en mars 2004